#殺人事件の起きないミステリー

自薦『このミステリーがすごい！』大賞
シリーズ傑作選

岡崎琢磨

小西マサテル

塔山 郁

友井 羊

柊サナカ

宝島社
文庫

宝島社

【目次】

＃殺人事件の起きないミステリー
自薦『このミステリーがすごい！』大賞シリーズ傑作選

ビブリオバトルの波乱

岡崎琢磨

岡崎琢磨　（おかざき・たくま）

1986年、福岡県生まれ。京都大学法学部卒業。第10回『このミステリーがすごい！』大賞・隠し玉として『珈琲店タレーランの事件簿 また会えたなら、あなたの淹れた珈琲を』（宝島社文庫）で2012年デビュー。同書は2013年、第一回京都本大賞に選ばれた。同シリーズのほか、著書に『夏を取り戻す』（東京創元社）、『貴方のために綴る18の物語』（祥伝社）、『Butterfly World 最後の六日間』（双葉社）、『下北沢インディーズ　ライブハウスの名探偵』（実業之日本社）などがある。

――あなたのせいで、あたしは負けたんです。

彼女の悲痛な訴えが、わたしの耳にこびりついて離れない。

1

「ごめんね。こんなことに付き合わせちゃって」

わたしが謝ると、恋人の枡野《ますの》和将《かずまさ》はごく軽い調子で答えた。

「気にすんなって。実希《みき》にとって、重要なことなんだろ」

弱気な心に、温かい言葉が沁《し》みる。わたしはテーブルの端に立てかけてあるメニューを手に取って広げ、うまく保てない表情を隠した。

ここは京都《きょうと》市中京《なかぎょう》区にある、純喫茶タレーランというお店。窓際のテーブル席で、わたしは和将と向かい合って座っている。店内は和将がかけている眼鏡を曇らせるほどに暖房が効いており、控えめなボリュームでジャズミュージックが流れているのも心地よく、わたしは強張《こわば》った体をほんの少し緩められた。

普段は東京で新聞社に勤めているわたしがなぜ京都にいるかというと、週末を利用して和将と旅行に来たからだ。ただし、観光に疲れてふらりと立ち寄るにはやや不向きな立地の、町家の背後に隠れたこんな喫茶店にわざわざ足を向けたのは、約束があったためである。

計画を立て始めた段階では、楽しいだけの旅行になるはずだった。そこに偶然加わったひとつの用事は、いまも緑がかった窓ガラス越しに見えている冬の曇り空さながらに、わたしの心を暗く重くしていた。

白シャツに黒のパンツに紺のエプロンという出《い》で立ちの、ボブカットのかわいらしい女性店員がやってきて、わたしと和将はコーヒーを注文した。店内にほかの客はなく、店員も現在は彼女ひとりのようで、ただフロアの片隅の古めかしい椅子の上ではシャム猫が背中を丸めてすやすや眠っている。

「それで、約束は十六時なんだっけ。まだ、三十分近くあるけど」

和将が腕時計を見ながら言う。

「呼び出しといて、遅刻するわけにはいかないからね」

「そりゃそうだ。早めに着くに越したことはない」

「時間が近づいたら、あなたは席を移動してね」

わかってるって、と和将は安請け合いの様相だ。

「それにしても、大変だね。スタッフとして関わった大会に出場した高校生に、謝罪をしなきゃならないなんて」

わたしはあごを引き、テーブルの上の何もない一点を見つめる。

彼女のほうから、謝罪を要求してきたわけではない。あくまでもわたしが望んだことなのだから、大変だなんて言ってはいけない。わたしから連絡し、会う約束を取りつけ、まだ高校生の彼女に心当たりのお店がないことを知ると、彼女の自宅からそう遠くない場所にある喫茶店を探して指定した。そこまで手配することも、示すべき誠意のうちだろう。

「わたしが悪かったの。生半可な気持ちで携わるべきじゃなかった。出場した高校生にとっては、とても大事な大会だったのに」

「思いつめすぎじゃないか。あまりいいことだとは思えない」

「あなたは大会を見ていないから、そんなことが言えるんだよ」

「本当に悪いのは、きみじゃなくていたずらをした犯人だろう」

「車内に小銭を置いておくと、車上荒らしに遭う確率が増すと言うでしょう。たとえ悪意ある誰かがいたずらをしたんだとしても、それを招いたのはわたし」

和将は不満げに口をつぐむ。特別区職員の彼とは、わたしがまだ駆け出しの記者だったころに、取材を通じて知り合った。いまは区役所に勤めているが、学生時代は法学を修めたと聞いている。彼なりに思うところはありつつも、わたしの頑《かたく》なな一面を知っているだけに、言い争う気にはなれなかったのだろう。

「……せめて犯人がわかっていれば、きみひとりが責任を負うことはなかったのになぁ」

「仕方ないよ。ほかでもないあの子に、調査を中止させられたんだから」

「だけど、どうもすっきりしないじゃないか。そもそも僕は、きみが未成年者の罪を被《かぶ》ることを美徳だととらえているのなら、真っ向から異議を唱えたいけどね。それはさておくとしても、どういう事情でトラブルが起きたのかが把握できなければ、再発防止に努めることも叶《かな》わない。その点について、ほかのスタッフはそろいもそろって手を拱《こまね》いているのかい」

「別に、再発を防止するのは難しくないから……わたしを含めスタッフはみんな、納得と呼ぶには程遠い状態だとは思うけど」

わたしも煮え切らないのだと見て、和将は身を乗り出した。

「もう一度、一緒に考えてみないか。どうしてこんなことが起きたのか。いったい誰がやったのか」

「でも、もうすぐあの子が来ちゃうから……」

「まだ時間はある。その子に謝ってしまえば、すべては方がついてしまう。これが最後のチャンスなんだ。きみが、きみ自身を納得させるための」

彼の熱弁に、心を動かされたわけではなかった。ただ、どのみち彼女が来るまでは所在ないし、もちろんわたしにも真相を知りたいという思いはある。それに、ありがたさよりはわずらわしさのほうが勝ってはいたけれど、これが彼なりの優しさであることも、わたしはちゃんと理解していた。

「わかった。じゃあ、あらためて一から話してみるね」

わたしが言うと、彼は表情を引き締める。いまさら話を蒸し返すのはひどく場当たり的で滑稽だけれど、わたしの役に立ちたいという姿勢に嘘《うそ》偽りはないのだろう。彼のそういう計算高くないところが、わたしは決して嫌いではなかった。

店員がコーヒー豆を挽《ひ》く、コリコリという音が聞こえる。わたしは三週間前の大会で起きた、不思議な事件へと思いを馳《は》せた。

2

新卒で読裏《よみうら》新聞社に勤め始めて、もう間もなく丸三年になる。

最初の二年は新人記者として、取材や執筆のイロハを叩《たた》き込まれた。異動を言い渡されたのは、年度が替わった昨年の四月のことだ。

「徳山《とくやま》、おまえ本読むの好きだったよな」

上司のそんな一言とともに示された新たな配属先は、東京本社内にある活字推進委員会なる部署だった。本や新聞といった活字文化を守るとともに、そのさらなる活性化に努めるべく発足した委員会だそうで、わたしはその事務局の局員として、出版社との連携やイベントの調整などあらゆる業務を引き受けることになった。激務に追われた記者時代とは打って変わって安穏な部署の空気に、初めこそ戸惑ったものの、慣れてくると読書好きなわたしにとっては天職だと感じるようにもなった。

その活字推進委員会が主催しているのが、全国高校ビブリオバトルという大会である。

ビブリオバトルとは、一言で言えば本のプレゼンの競技大会である。出場者は自分で読んで面白いと思った本を持ち寄り、五分の持ち時間の中でその本がいかにすばらしいかをプレゼンする。その後、数分間の質疑応答やディスカッションを経て発表は終了、次の出場者のターンとなる。すべての出場者がプレゼンを終えると、会場にいる参加者は、「どの本が一番読みたくなったか」を基準に一冊選んで投票する。もっとも多くの票を集めた本が、そのバトルのチャンプ本となる。

全国高校ビブリオバトルの出場条件はただひとつ、出場者が高校生であること。まず全国四十七都道府県で予選大会をおこない、見事チャンプ本に選ばれた書籍を紹介した高校生が決勝大会へと駒を進める。わたしは東京都大会に引き続き、今年一月に東京で開催された決勝大会においてもスタッフとして運営に携わることとなった。

決勝大会に出場する高校生は、四十七都道府県の代表各一名に、人口が多い関係で東京都からもうひとり選出された代表者を含めた全四十八名。まずAからHまで六人ずつ八つのグループに分かれて予選がおこなわれ、勝ち上がった八名で決勝戦が争われる。

第一回大会が四年前と歴史はまだ浅いが、多くの部活動の全国大会がそうであるように、全国高校ビブリオバトルもまた、本好きの高校生たちにとって青春を彩る大会になりつつあるという自負が、委員会内にはあった。そんな大会に初めて関わることになったわたしは、不慣れから決勝大会前日までさまざまな準備や確認事項に忙殺され、睡眠時間さえまともに取れないありさまだった。優先順位が低いことは後回しにし、決勝戦のプレゼンの順番を決めるくじを作り忘れていることに気がついたのは、大会当日の朝だった。

幸いにして、くじを作るのに必要な道具は自宅にそろえてあった。それらをまとめて、大きな立方体の段ボール箱の上部に円い穴を開けただけの抽選箱の中に入れ、脇に抱えて会場入りしたわたしの姿を見て、活字推進委員会事務局の相田《あいだ》局長が苦笑した。

「大丈夫かぁ、徳山。そんな大荷物抱えて」

「すいません、昨日のうちに用意しておけばよかったんですけど、間に合わなくて」

「寝てないんじゃないか。ふらついてるし、化粧のノリも悪いみたいだぞ」

「局長、それセクハラですよ」

コンプライアンスの特に厳しい新聞社にあっては昨今、セクハラの一言はハサミよりも鋭利だ。局長は肩をすくめるが、二回りも歳上の男性上司に気兼ねなく反撃できるあたり、うちの部署の風通しは悪くない。

「この大会が終わったら、心置きなく眠らせてもらいます」

「それがいい。今日一日は辛抱してくれ。出場する高校生たちにとっては、努力して勝ち上がってきた大事な大会なんだからな。運営するわれわれのミスで台なしになるようなことがあってはならないと、しっかり胸に刻んでおいてほしい」

普段は飄々《ひょうひょう》としている局長が、めずらしく熱を込めて語った言葉だったにもかかわらず、このときは軽く聞き流してしまったことを、わたしはその日のうちに後悔する羽目になる。

決勝大会の会場は大手町《おおてまち》にある読裏新聞社所有のホールで、正午より開会式がおこなわれた。大ホールには出場者の保護者らを含む観客や、プレゼンされる本の版元を中心とした関係者が多く詰めかけている。本の虫で知られるお笑い芸人の男性が司会を務め、まずは出場する高校生たちがホールの外から入場した。ひとりずつ学校名と氏名を呼ばれ、ステージ正面に用意された各々の席まで進み出て着席する。

「いいですねぇ、この晴れやかな表情と、緊張して硬くなってる感じ。初々しくて素敵です」

わたしは隣に並んで客席をのぞき見る局長にささやく。ステージの下手側の袖には広々としたスペースがあり、ここに長机を並べてスタッフの本部としていた。

「徳山だって、あの子たちとそういくつも変わらんだろう」

「全然違いますよ、わたしももう四捨五入すれば三十ですもん。嫌なものですね、歳を取るというのは」

「おまえにそれを言われたら、おれは立つ瀬がないよ」

わが社のお偉いさんによる開会宣言のあとで、大会のルールが詳しく説明される。

予選の会場はこの大ホールと三つの小ホールの計四ヶ所。あらかじめ八つのグループに割り振られた出場者たちは各会場に移動し、ひとつの会場につき前半と後半で二ブロックの予選がおこなわれる。つまり同時に四ブロックずつ別会場で予選が進行するので、観客も目当てのブロックを選んでその会場に入り、投票に参加する。各ブロックごとに全員のプレゼンを見てからでないと投票することはできないため、途中入室は原則禁止だ。

開会式が終了し、スタッフもめいめい担当する予選会場に散る。わたしは大ホールに控えているようにとの指示を受けていた。大ホールでは最初にAブロック、続いてBブロックの予選が開かれる。

さっそくAブロックの出場者たちが本部に集まってきた。男女ともに三人ずつ、あからさまにそわそわしている生徒もいれば落ち着き払って見える生徒もいるなど、本番前の態度は千差万別だ。ちなみにもうひとつのブロックの生徒たちは客席に座って予選を観覧し、質疑応答や投票に参加することになっている。

ひとりめの出場者の女子が、プレゼンする本を手にステージ中央の演台の前へと歩み出る。プレゼンは出場者の好きなタイミングで始めてよく、語り出すと同時にステージ正面のスクリーンに映し出されたストップウォッチが作動する。五分経《た》つと音が鳴り、プレゼンが強制終了となる仕組みだ。

トップバッターの重圧か、彼女が送り出した第一声は震えて聞こえた。プレゼンが始まるとわたしは、本部の長机の一部を陣取り、決勝戦のプレゼンの順番を決めるくじの作成に取りかかった。

用意したのは、十センチメートル四方の白いメモ用紙の束と、一桁の数字のスタンプ八個、黒のスタンプ台。メモ用紙を一枚ちぎって、中央に1のスタンプを捺《お》し、四つ折りにして抽選箱に入れる。これを8まで八枚作れば終わりの、至って簡単な作業だ。急げば五分もかからない。

けれども高校生たちのプレゼンは、都大会を観覧したわたしの期待をはるかに上回るほど質が高く、何度もくじを作る手を止めて見入ることとなった。彼らは持ち時間を存分に活《い》かし、内容をよく練っていることは言うに及ばず、アナウンサー顔負けの美しい発声と抑揚に適宜身振り手振りを加え、しかも五分間ぴったりで終えるなど、この日のためにたくさん練習を積んできたことがひしひしと伝わってきた。とても見応えがあり、どの本も負けず劣らず読んでみたくなる。

中でも特に印象に残ったのは、三番手に出てきた女子だった。

京都府代表、榎本純《えのもとじゅん》さん。すらりと背が高く、長い黒髪を白のバレッタでまとめている。一年生ながら大人びた雰囲気で、ブレザーよりスーツが似合いそうに感じられた。

ステージ中央に立った彼女が胸に手を当てて深呼吸をすると、それだけで会場の空気が引き締まった気がした。それから語り出した彼女の声は、張り上げるようでもないのに広い会場の隅々まで響き渡った。

「みなさんは、数について考えたことがありますか――」

彼女が紹介するのは、アメリカの数学者が著した『数のふしぎ』という本である。数字にまつわるさまざまな雑学を取り上げた本で、彼女は具体的なエピソードを披露しながら、聴衆をどんどん引き込んでいく。

「たとえば、あたしはこの予選で三番めにプレゼンすることになりました。3という数字には、こんな不思議な性質があります――」

予選の発表順は事前に決められ、出場者にも通告されていた。彼女はそれさえも取り込み、プレゼンの内容を充実させてきたわけだ。

最後まで一瞬たりとも飽きさせることなく、わずか二秒を残して榎本さんはプレゼンを終えた。いかにもプレゼン巧者という振る舞いではなく、ところどころ高校生らしい緊張も見え隠れしていたにもかかわらず、不思議とうまいと感じさせ、何よりもその本を読んでみたいと強く思わせるプレゼンだった。

質疑応答の時間に移り、会場からいくつかの質問が飛んでも、榎本さんはそつなく回答した。ユーモアがあったり、気の利いたことを言ったりするわけではなかったが、都度考えて誠実に答える様子は観客の印象をさらによくしたはずだ。

繰り返しになるが、ビブリオバトルの投票の基準はプレゼンが達者であるかどうかではなく、あくまでもその本を読みたくなったかどうかだ。けれども榎本さんのプレゼンを見終えた時点で、わたしは彼女が勝ち上がるだろう、と直感した。レベルの高い予選において、それでも本の魅力とプレゼンのすばらしさが見事に嚙《か》み合い、彼女が頭ひとつ抜け出したように思えた。

出場者のプレゼンは進み、わたしは無事に八枚のくじを作り終えた。やがてAブロックのプレゼンがすべて終了し、観客による投票が始まる。入場する際に受け取った投票用紙に投票する出場者の番号を記し、それを会場にいる回収係のスタッフに渡す仕組みだ。別のスタッフが投票用紙を素早く回収して戻ってくるのを、わたしは本部にいながらながめていた。

Bブロックの予選開始まで、二十分の小休憩になる。この間に出場者が入れ替わり、観客も次のお目当てのブロックの予選会場へと移動する。その休憩時間が始まると同時に、パンツのポケットに入れていたわたしのスマートフォンが振動した。

『徳山、そっちはもう終わったか』

相田局長である。

「はい、終わりました」

『小ホール①に観客が押し寄せ、椅子が足りなくなりそうらしい。確か、本部にパイプ椅子あったよな』

スマホを耳に当てたまま、わたしはあたりを見回す。隅にパイプ椅子が数十脚、畳んで立てかけられているのを見つけた。

「ありました、パイプ椅子」

『それ、小ホール①まで運んでくれないか。十脚あればいい』

「わかりました。わたし、そのままそっちにいたほうがいいですか」

『いや、運び終わったら本部に戻っていいよ』

電話を切る。一度に運ぶのは難しかったので、半分の五脚を持って小ホール①へ向かった。会場にいるスタッフに手伝ってもらって椅子を並べ、もう一往復して十脚を運び終える。

本部に戻ると、すでにBブロックの出場者が集まってきていた。浮き足立つ彼らの合間を縫って元いた席に座ろうとしたら、抽選箱の前に榎本さんの姿があった。

「お疲れさま。プレゼン、すごくよかったよ」

声をかける。振り返った榎本さんは、どこか浮かない顔をしていた。

「ありがとうございます。あの、これもしかして、決勝戦のプレゼンの順番決めで使う抽選箱ですか」

「そう、よくわかったね」決勝戦のプレゼンの順番がくじ引きで決められることは、あらかじめ出場者に通達してあった。「それがどうかした？」

「こんなところに置いておいて大丈夫なんですか。ちょっと、無防備すぎるんじゃないのかなって」

驚いた。彼女は不正を警戒しているのだ。いくら何でも神経質すぎやしないかと思ったが、直後には考え直した。高校生にとっては、それほど思い入れの強い大会なのだ。少しの不正も許されない、徹底して排除すべきだとする気持ちはわかる。

「ごめん、そうだよね。ちゃんと管理するようにします。ご忠告ありがとう」

わたしは抽選箱を抱えて、別のスタッフが常駐している、本部の奥のパーティションで区切られたスペースに移動させた。投票用紙を保管する関係で出場者が近づくことを禁じているため、ここに置いておけば不正はまず起こりえない。

榎本さんは安心した様子で本部を出ていった。それからほとんど間をおかず、Bブロックの予選が始まった。

Bブロックも滞りなく進行し、全ブロックの予選が終わって一時間の休憩を迎えた。しかし、スタッフであるわたしたちに休息はない。

本部にいるBブロックの生徒たちを追い出すと、まずは予選の集計が始まった。決勝に進んだことを出場者が知るタイミングに差があると不公平が生じるので、集計そのものをこの時間まで待つのだ。わたしは自分が観覧したAブロックの集計をおこない、予想どおり榎本さんが勝ち上がったことをみずからの目で確かめた。

続いて休憩後に大ホールでおこなわれる、人気作家によるトークイベントのステージ設営に取りかかる。別のスタッフと協力し、テーブルと椅子を並べたり、ペットボトルの水を用意したりする。もともと告知されていた作家のほかに、著作がプレゼンされると知って観覧に訪れていた作家が三名、トークイベントに登壇してくれることになった。それぞれの作家の名前を記した紙を、テーブルの前に貼りつける。

実はもうひとり、男性作家が会場に来ていることを把握していた。けれども彼の著作をプレゼンした出場者は予選を勝ち上がり、このあと決勝戦に出ることになっていた。著者が会場にいることが知れれば、その本を紹介する生徒は動揺するだろうし、観客にもバイアスがかかるおそれがある。よってトークイベントへは登壇せず、著作がチャンプ本に輝いたあかつきには表彰式で登壇してくれるよう要請してあった。

休憩が終わり、出場者たちが全員大ホールに着席すると、トークイベントが始まる。初めて目にするであろうプロの作家の姿に、高校生たちはいちように目を輝かせていた。作家の話は活字文化を広める役割を担うわたしたちにとっても考えさせられる内容が多く、イベントは成功したと言っていい。

イベント後はシームレスに決勝戦へと移行する。まずは司会の芸人が、Aブロックから順に予選を勝ち上がった出場者の名前を読み上げる。名前を呼ばれた出場者は席を立ち、ステージへ上がる段取りだ。

最初に榎本純さんの名前が呼ばれると、会場には拍手が沸き起こった。榎本さんは片手に本を持ち、緊張からか空いたほうの手をぐっと握りしめている。続いて呼ばれたのはこちらもわたしが予選を見届けたBブロックの勝者、岩手県代表の板垣愛美《いたがきまなみ》さん。トークイベントに登壇しなかった男性作家が書いたのは、彼女が紹介した本だ。さらにほかのブロックの生徒の名も呼ばれ、ステージ上に八名の決勝進出者が勢ぞろいした。男子が三名、女子が五名。勝ち上がったことが信じられないというように口を押さえている女子、懸命に笑みを嚙み殺している男子、よほど自信があったのか完全に無表情の女子など、人によってまったく違うのが見ていておもしろい。

「プレゼンの順番はくじ引きで決定いたします。それでは抽選箱、お願いします！」

司会者に呼び込まれ、わたしは抽選箱を抱えてステージの袖から歩み出た。榎本さんからブロックのアルファベット順に、抽選箱の中に手を入れて一枚ずつくじを引いていってもらう。

「出場者の皆さん、まだくじは見ないでくださいねー。あとで同時に開きましょう」

こうした間をきちんとつないでくれるあたりが、さすがはプロの芸人さんである。

残り二人になった時点で一度、箱の中にちゃんと二枚のくじが残っていることを目視で確かめた。八人全員がくじを引き終わり、わたしは箱を抱えたままステージ袖へとはける。

「さぁ、では皆さんいっせいにくじを開いてください！」

司会者の一言で、出場者たちはくじを開いて自分の引いた数字を確認した。その数字を、客席に向かって示す。

直後、客席でざわめきが起きたとき、わたしはまだ何が起きたのかわかっていなかった。

「おっと……これはいったい、どういうことでしょうか」

思わず素の部分を出してしまったかのように、司会者が困惑の言葉を漏らす。

何か、くじ引きでトラブルが発生したようだ。思わずステージに進み出たわたしは、目《ま》の当たりにした光景に愕然《がくぜん》とした。

一番手前の榎本さんは、「6」と書かれたくじを持っていた。その隣の板垣さんが「1」。

そこまではよかった。だが、そこから先が明らかにおかしい。

「ええと……。3のくじと4のくじが二枚ずつあったのかな」

司会者の言うとおりだった。1、2、5、6を引いた出場者が一名ずついるのに対し、3と4を引いた出場者は各二名いた。あるはずの7と8のくじがなく、代わりに存在しないはずの二枚めの3と4があるのだ。

「そんな！」

わたしは叫び、ただちに抽選箱を確認した。しかし当然、中は空で、7と8のくじが残っているというようなことはない。

相田局長が寄ってきて、わたしの耳元でささやいた。

「徳山、おまえしくじったな」

「わたし、ちゃんと7と8のくじも作りましたよ！　それに、3と4が二枚あるだなんて、何が何だか……」

「まあ落ち着け。くじなんて、順番が決まりさえすればそれでいいんだ」

局長になぐさめられても、わたしの混乱は収まらなかった。

ステージ上では出場者たちが当惑気味に、それでもくじに書かれた数字の順に並び直す。一番下手側が1を引いた板垣さん。二番は何の争いもなく、肝心の3と4も当事者どうしで譲り合うようにして並び、もめることはなかった。一番右端が6を引いた榎本さんである。

「決勝戦のプレゼンは、このような順番となりました！　それでは出場者の皆さん、熱戦を期待しております！」

司会者が高らかに宣言し、出場者たちがステージの袖へと移動する。少し間をおいて、板垣さんが恐る恐るといった感じで演台の前へと進み、決勝戦が始まった。

わたしは依然、頭の中に多くの疑問符を浮かべていたものの、あんなトラブルのあとでも堂々とプレゼンする高校生たちを見ているうちに、少しずつ冷静さを取り戻していった。相田局長の言うとおり、順番さえ決まれば問題はないのだ。そして実際、スムーズに決まった。何が起きたのかは不明だし、スタッフ側に手落ちがあったことは否定できないとはいえ、大会運営に重大な支障をきたしたとも思えない。

決勝戦はあっという間に進み、ついに大トリの榎本純さんが登壇した。

スタッフという立場にありながら特定の生徒に肩入れするのはよくないのだろうが、それでもわたしは彼女に期待していた。予選を見た限り、彼女がチャンプ本の栄冠を手にする可能性は低くないと踏んでいたからだ。

ところがプレゼンが始まるとすぐ、わたしは榎本さんの異変に気がついた。

明らかに、予選に比べて落ち着きがない。目線は定まらず、声は硬くてやや聞き取りづらく、急に早口になったり、反対につかえたりする。見ているこちらがハラハラするほどで、結局時間を二十秒も余らせて、強引に切り上げるような形でプレゼンを終わらせてしまった。

予選とはまるで別人のようだった。これも、決勝戦の重圧なのだろうか。あるいは予選を勝ち上がったことで、緊張の糸が切れてしまったのかもしれない。わたしは気の毒に思い、ステージ袖にはけた彼女がいまにも泣きそうな顔をしているのを見ても、何と声をかけていいかわからなかった。

決勝戦の投票は、観客全員に配られたうちわでおこなわれた。投票したいと思った本のタイトルが呼ばれたら、うちわを持ち上げてステージに向ける。スタッフがその数を集計し、チャンプ本を決める。残酷な結果が出てしまう可能性に配慮し、出場者はステージ下手側の本部の奥に集められて、投票の模様を見ることを禁じられた。わたしも本部にいたために集計結果を知らないまま、その後の表彰式を迎えた。

「それでは発表します。今年の全国高校ビブリオバトル決勝大会、栄えあるチャンプ本に選ばれたのは――」

ドラムロールの効果音に続いて司会の芸人が読み上げたのは、決勝一番手の板垣愛美さんが紹介した本のタイトルだった。板垣さんは信じられないという様子で涙ぐみ、著者の男性作家がステージに現れる。著者の登場に驚いた板垣さんが作家から賞状を受け取ると、会場は拍手喝采となった。

ほかにも特別賞などいくつかの賞が発表されたが、最後まで榎本さんの名前が呼ばれることはなかった。彼女はうつむいて唇をきゅっと結び、悔しさに耐えているように見えた。

表彰式に続いて閉会式がおこなわれ、今年の全国高校ビブリオバトル決勝大会は幕を閉じた。トラブルもあったとはいえ、全体としては大過なく終えたと言えるだろう――わたしはそう思い、肩の荷が下りた気さえしていた。

閉会式後は、決勝進出者全員で記念撮影となった。しかし、相変わらず榎本さんの表情が浮かない。撮影が終わったところで限界に達したのか、彼女はとうとう顔を手で覆って泣き出してしまった。

わたしはたまらず近寄って声をかける。「残念だったね」

榎本さんはわたしの顔を一瞥《いちべつ》しただけで、また下を向いてしまう。その一瞬に見せた、潤んだ目がわたしの胸を裂いた。

「どうして、抽選箱をちゃんと管理しておいてくれなかったんですか」

自分が非難されていることに、わたしは気づくのが遅れた。

「……榎本さん？」

「順番決めのくじ引きであんなトラブルが起きなければ、あたしだってもっと落ち着いてプレゼンできたはずなのに……六番めだと思ったのにいきなりトリだと言われて、頭の中が真っ白になってしまって……」

声音には責め立てる鋭さよりも、重くのしかかるような恨めしさがこもっていた。

わたしが言葉を失っていると、榎本さんはやはり顔を上げないままで、わたしを断罪する一言を放った。

「あなたのせいで、あたしは負けたんです」

榎本さんが泣きながら去っていく。わたしは引き止めることも、追いかけることもできずに、その場に立ち尽くしていた。

からな。

——出場する高校生たちにとっては、努力して勝ち上がってきた大事な大会なんだ

相田局長の言葉の重みを、わたしはいまごろになって痛感していた。紹介する本を選び、プレゼンの内容を熟考し、日ごろから練習に取り組み、万全を期して都道府県大会に出場する——そうして、やっとの思いで手に入れた全国大会の切符だったのだ。情熱を注いできたからこそ、緊張もするし、些細《ささい》なことが命取りになる。だからスタッフによる運営の小さなほころびが、勝敗を左右しさえする。

——彼女の言うとおり、わたしが抽選箱をきちんと管理していさえすれば、くじ引きであのようなトラブルが起こることはなかった。わたしは、何という失敗を犯してしまったのだろう。

榎本さんに謝るべきだと、頭ではわかっていた。けれどもそのときには会場の撤収が始まっていて、わたしもそちらにかかりきりになってしまった。後始末が一段落して、やはり謝らなければと決心がつくころには、榎本さんは今日じゅうに京都へ戻らなければならないとのことで、すでに会場をあとにしてしまっていた。

がらんとした本部跡地でぼんやりしていると、相田局長が声をかけてきた。

「どうした徳山、やっと大会が終わったってのに元気ないな。燃え尽きたか」

「いえ、そういうわけじゃ……実は、こんなことがありまして」

わたしは榎本さんから非難されてしまったことを話した。局長は腕組みをしてうなる。

「そうか……あんなの大したトラブルじゃないと思っていたが、あれで調子を崩してしまった高校生もいたか」

「わたし、どうしたらいいでしょう」

「徳山が気に病むのであれば、榎本さんに謝罪するしかないだろうなぁ。できれば、ちゃんと面と向かって。それと」

「それと？」

「事実関係を明らかにしたほうがいいんじゃないか。どうしてあんなことが起きたのか。今後はどうやって再発を防止するのか。すでに一度、謝罪の機会を逸してしまった以上、急ぐよりはきちんと説明することを考えるべきだと思う」

わたしは驚いた。「犯人探しをしろって言うんですか」

「徳山がちゃんとくじを作ったのなら、誰かが不正をはたらいたとしか考えられない。7と8のくじを抜き、代わりに3と4のくじを足したんだ。なぜそんなことをしたのかはさっぱりわからんがな」

　わたしの勘違いなどではなかったことは確かだ。撤収の際にスタンプを確認したところ、7と8のスタンプにはちゃんと黒のインクが乾ききらずに残っていた。わたしがそのスタンプを使ってくじを作った証拠と言える。

「でも、目的はわからないとはいえ、不正がおこなわれたのなら犯人はおそらく出場した高校生ですよね。せっかく大会に出場してくれた彼らを疑ってかかるのは、はっきり言って気が進まないんですけど……」

「だからって、不正を見逃していいということにはならんだろう。犯人が見つかって事情が明らかになったら、あらためてどう対処するかを考えればいい。まずは、事実を把握することが先決だ」

　ためらいはあったけれど、わたしはうなずいた。

「わかりました。調査してみます」

「休憩時間、徳山に椅子を運ばせたおれにも責任はある。困ったことがあれば何でも言ってくれ」

　何のめぐり合わせか、たまたま三週間後に恋人の和将と京都旅行をする予定になっていた。わたしはその日を榎本さんに謝罪するXデーと定め、不正に関する調査を開始した。

3

相田局長が言うように、くじ引きであのような事態が起きたからには、犯人はわたしが作った1から8までのくじのうち7と8を抽選箱から抜いたのち、二枚めの3と4のくじを作って抽選箱に入れたことになる。

　わたしが抽選箱から目を離したのは、Aブロックの予選終了後、局長の電話を受けてパイプ椅子を運ぶために本部を離れてから、本部に戻って榎本さんに注意されるまでの——途中で一度本部に戻った際にも、わたしは抽選箱のほうを見なかった——およそ二十分間のみ。その時間以外に、出場者たちが抽選箱に近づく機会はなかった。

　あの二十分間、抽選箱のある本部にいた出場者は、Aブロックの生徒とBブロックの生徒の計十二人だけだ。つまりこの中に犯人がいる可能性は高く、さらに目撃者がいることも考えられる。

　わたしは相田局長から出場者の名簿を借り受けて、ひとりずつ電話で聞き取り調査をおこなうことにした。

　ひとりめは、予選Aブロックのトップバッターを務めた女の子。北海道代表の伊藤《いとう》真里亜《まりあ》さんだ。名簿には080で始まる電話番号が記載されており、電話をかけると伊藤さん本人が出た。

「わたくし、読裏新聞活字推進委員会事務局の徳山実希と申します。先日の全国高校ビブリオバトル決勝大会の件で、伊藤さんにお訊《たず》ねしたいことがありまして」

『えっ。何ですか？』

うろたえる伊藤さんに、決勝戦のくじ引きの件で調査をしていること、抽選箱に細工ができたのはAブロックの予選後の休憩時間だけだったことを説明する。

「……というわけなのですが、伊藤さん、何か見ませんでしたか？　本部に置きっぱなしになっていた抽選箱を、誰かが触っている様子ですとか」

『見てません。あたし、本部に抽選箱が置いてあったことにさえ、気づきませんでした』

嘘をついているようには聞こえない。だからと言って彼女は犯人ではないと結論するわけにはいかないが、これ以上は何を訊《き》いても無駄のようだ。

礼を述べて電話を切ると、まだひとりめなのに早くも徒労感が込み上げた。こんなことで、本当に犯人が見つかるのだろうか。たとえ電話の相手が犯人だったとしても、白を切られたらどうしようもないではないか。それに目撃者が現れたところで、その証言自体、犯人がほかの出場者に罪をなすりつけるための嘘かもしれないのだ。出場者たちのあいだに直接のつながりはないから、その気になればいくらでも他人を悪く言える。

犯罪捜査と違って指紋を取るわけにもいかないから、雲をつかむような話だ。ため息をつきつつ、わたしは次の生徒に電話をかけた。

「もしもし、新房豊《しんぼうゆたか》くんですか」

『はいそうですけど』

こちらも本人が出た。新房豊くんは、Aブロックで二番手にプレゼンしてくれた男子である。

「わたくし読裏新聞活字推進委員会事務局の徳山実希と申しまして、先日のビブリオバトル決勝戦のくじ引きの件でお話を――」

『僕じゃないですよ』

さえぎって言われ、いきなり電話をかけたわたしのほうが面食らった。

「あの、僕じゃない、とは」

『くじにいたずらをした犯人を探してるんですよね。僕じゃないです』

「ひょっとして、わたしが調査をしていることを、誰かから聞いたんですか」

『そうじゃないけど……くじ引きの件っていったら、いたずらの犯人探しをしているとしか思えないから』

どうやら呑《の》み込みが早すぎるがゆえの反応だったらしい。

「新房くんを疑っているわけじゃないんです。ただ、何か知っていることがあれば、教えてほしいなって」

『さぁ……僕、Aブロックの予選が終わるとすぐに本部を出て客席のほうへ向かったんで。証人もいますよ。大地《おおち》くんと、ずっと一緒にいました』

大地一悟《いちご》くんは同じAブロックの五番手に登場した男子だ。しかし、新房くんは秋田県代表、大地くんは宮崎県代表で、大会前に何らかのつながりがあったとは思えない。いつの間に二人はそんなに仲よくなったのだろうか。

「大会当日に、大地くんと打ち解けたんですか」

『いえ。僕ら二人ともSNSをやってて、ビブリオバトルのことも投稿してたんです。それで、確か検索に引っかかったとかで、大地くんのほうから僕のアカウントに連絡があって。それ以来、県の代表どうしってことで、ときどきやりとりする仲でした』

なるほどな、と思う。ネットを通じて日本全国、いや世界じゅうの誰とでもつながれる時代だ。共通の話題を持つ二人なのだから、大会前に友情が芽生えるというのはじゅうぶん起こりうる。

『とにかく、予選終了後の休憩時間は大地くんと一緒にいましたから、抽選箱にいたずらをするチャンスはありませんでした。嘘だと思うなら、大地くんにも確認してみてください』

嘘だとは思わなかったが、新房くんが強調するので、わたしはその言葉のとおりすぐ大地くんに電話をかけた。大地くんはほんの数コールで出てくれた。新房くんと口裏合わせをする時間の余裕はなかったはずである。

今回もちゃんと名乗ったあとで、単刀直入に訊ねる。

「新房くんからこんな話を聞いたんですけど、間違いないでしょうか——」

わたしの説明を聞くや、大地くんはあっさり認めた。

『新房くんの言うとおりっすね。休憩時間、ずっと彼と一緒でした』

「じゃあ、やっぱり何も見てないんですね」

『はい。間違いなく言えるのは、自分たちはやってないってことだけっすね』

電話を切る。これでAブロックとBブロックの出場者十二人中、二人の無罪が確定した。消去法の観点では前進したと言えるが、犯人特定につながる決定打は依然得られていない。

その後もわたしは聞き取り調査を続けたが、Aブロック四番手の女子も六番手の男子も、やはり何も目撃してはおらず、新房くんたちのように身の潔白を証明してくれる人もいない、という返事だった。ネットだけでつながりがあった新房くんと大地くんを含め、全員が初対面という状況では無理もないことだ。誰かと関係を結ぶことはもとより、自分以外の誰かに注意を払うのも難しい。

ほとんど何の収穫もなく、Aブロックの生徒に対する聞き取り調査が終了した。京都旅行の日が近づきつつあったので、わたしは榎本さんにアポを取ることを優先し、電話をかけた。

「榎本さん？　わたし、読裏新聞活字推進委員会事務局の徳山実希です。先日のビブリオバトルのときに、抽選箱の件でお話ししました」

『あぁ……何の用ですか？』

電話越しにも榎本さんの声は硬い。まだ、わたしのことを許していないのだなと思った。

「大会運営の不手際でご迷惑をおかけしたことを、直接お詫《わ》びしたいと思っています。来週末、京都に行きますので、もしよろしければどこかでお時間を作っていただけないでしょうか」

『えっ……来週末なら、特に予定はないですけど』

榎本さんの反応からは戸惑いが伝わってくる。大人が高校生に謝るために、東京から京都まで足を運ぶことの重大さを測りかねているようだ。謝罪を受けることについて考えるよりも先に、わたしの唐突な申し出に思わず流されてしまった、といった態度である。

「ありがとうございます。それでは……」

その後、いくつかのやりとりを経て、わたしは榎本さんと会う日時と場所を取り決めた。

電話の最後に、わたしは責任を感じていることを示すつもりで言った。

「くじ引きでなぜあんなことが起きてしまったのかについては、休憩時間に本部にいた高校生たちに話を聞くなどして、現在調査を進めています。まだ、有力な情報は得られていませんが」

とたん、榎本さんが語気を強めた。

『犯人探しなんてやめてください』

思わぬ展開にわたしはたじろいで、

「でも、何が起きたのかを把握できなければ、十全な再発防止策を講じられるとは言いがたく、謝罪するにしても画竜点睛《がりょうてんせい》を欠くのではと……」

『あたし、抽選箱に細工した人を責める気にはなれません。同じくがんばってきた出場者として、ズルをしてでも勝ちたい、と思う気持ちはわかるから』

榎本さんが犯人をかばうのは意外だったが、その理由には説得力があった。

『だからこそ、初めからズルをできないようにするのが、スタッフの役目だと思います。再発防止なんて、抽選箱から目を離さなければいいだけのことですよね。犯人探しをして、責任転嫁するのはやめてください。でなければ、謝罪を聞く気にはなれません』

わたしは何も言い返せなかった。不正をはたらいた人が悪い、というのはひとつの正論ではある。が、スタッフと出場者、大人と高校生という立場の違いも考慮しなくてはならない。出場者たちを不正から遠ざけることは、わたしたちスタッフの義務だったのだ。

「わかりました。調査は打ち切ります」

そう約束するしかなかった。榎本さんは『それなら謝罪に応じます』と言い、電話を切った。

翌日、わたしは出社すると、相田局長のデスクまで行き、調査をやめざるを得なくなったことを報告した。

「そうか……榎本さんにしてみれば、そんな風に感じるのも無理はないかもなぁ」

「わたしもそう思います。だから、彼女の要求を呑むしかありませんでした。こっそり聞き取り調査を続行するというのも、出場者どうしどこでつながっているかわからない以上、難しいでしょうね」

「悪かったな、徳山。犯人探しをしろだなんて、おれが余計な指示を出しちまったばかりに」

局長は回転椅子に座ったまま、ばつが悪そうにこめかみをかく。

「それはいいんですけど……わたし自身、真相は気になってましたし。でも、これじゃあ藪《やぶ》の中ですね」

「ここまでの聞き取り調査で判明したことも、少しはあるんだろ。話してみろよ。誰かと議論することで案外、わかることがあるかもしれないぜ」

局長が勧めるので、わたしは聞き取り調査の結果を報告した。といっても、有意義だと思われる証言は少ない。せいぜい新房くんと大地くんが互いの潔白を保証していることくらいだ。

「うーん……目撃証言はあてにできそうもないなぁ」

「犯人も人目を忍んだでしょうからね。しかしそうなると、こちらとしてはもうお手上げって感じで」

「なぜあんなことをしたのかっていうのが、やっぱり引っかかるよなぁ」

犯人が7と8のくじを抜き、代わりに3と4のくじを足したことについて、局長は今一度言及する。

「どういう狙いがあったんでしょうね」

「むろん人にもよるだろうが、八人中三番手または四番手となれば、まあ悪くない順番だと感じるだろうな。逆にトップバッターやトリは、できれば避けたいと思う人が多いはずだ」

「異論はないですけど、だからと言って3と4を増やしたところで三番手や四番手になる確率が上がるわけではありませんよ」

結局のところ、三番手や四番手を務めるのはひとりだけ。せいぜい3か4を引けたときに首尾よく動けば同じ数字の相手より先かあとかを選べるくらいで、トップバッターやトリになる可能性が低くなるわけでもなく、不正をはたらくほどのメリットがあるとは思えない。

「そもそも、出場者が抽選箱に細工できたのはAブロックの予選終了後、休憩に充てられた二十分間だけだったんだよな」

「はい。その点は確かです」

「しかしその時間にはまだ、どの出場者も決勝戦へ進むことは確定していなかったぞ。集計自体、全ブロックの予選が終わってからおこなわれたんだからな。なのにどうして、犯人は抽選箱に細工をしたんだ？」

「言われてみれば……くじ引きの直前に名前を呼ばれてステージに上がるまで、自分が決勝戦に進んだことを知りえた出場者はいませんでした。あの休憩時間に限らず、どのタイミングで細工がなされたとしても、予選の結果とは何ら関係がなかったことになってしまいます」

犯人は、予選の勝敗がわからない段階で不正をはたらいたということか。予選に手応えを感じていれば、あるいは——。

そこまで考えたとき、局長が意外なことを言い出した。

「いや、ひとりだけいるな。予選の結果が発表されるのを待たずに、自分が勝ち上がったことを知りえた出場者が」

「えっ。誰です？」

「板垣さんだよ」

板垣愛美——決勝大会のチャンプ本に選ばれた本を紹介した女子だ。

「どうして彼女が？」

「板垣さんのプレゼンした本の著者が、会場に来ていただろう。彼女がそのことを、トークイベントよりも前に把握していたとしたらどうだ」

ありえないことではない。事前に著者の顔写真を見ていた板垣さんが、会場でたまたま本人を見かけるだけで、その状況は成立する。もしくは、あの男性作家自身がSNSなどを通じて情報を漏らしていないとも言い切れない。スタッフからは一応、来場することは伏せるようお願いしてあったはずだが、したがうかどうかは作家の良心しだいだ。

「トークイベントの準備の際、登壇する作家の名前を書いた紙をテーブルの正面に貼っただろう。その紙を見て、板垣さんは思う。『あれ、会場にいるはずなのに、自分が紹介した本の著者は登壇しないのだな』と。そこから、自分は勝ち上がったのだという結論に至るのは難しくない」

決勝戦で観客にバイアスがかかりかねない、または板垣さんのプレゼンに影響が出かねないので、著者を登壇させなかったというのは、ちょっと考えればわかりそうなことだ。

「なるほど。Ｂブロックの板垣さんになら、予選の会場は大ホールでしたから、抽選箱に近づく機会もありました」

「おいおい、混乱しているぞ。板垣さんが決勝に進んだことを知れたのは、一番早くても予選終了後の休憩の時間だ。二十分の小休憩のときには、板垣さんはまだプレゼンをしてもいなかった」

「あ、そうでした……でも、そうすると板垣さんにはどのみち、決勝進出を知ったあとで不正をはたらくのは不可能だったことになりますけど」

相田局長はあごに手を当て、束《つか》の間考えてから口を開いた。

「板垣さんには、協力者がいた」

「協力者って？」

「決まってるだろう——著者だよ」

わたしは愕然とした。「まさか！」

「全国大会のチャンプ本に選ばれたら、著者にとってはいい宣伝になる。出場者に協力する動機としてはじゅうぶんだ。都道府県大会の結果はただちに公表されるから、全国大会出場が決まった時点で著者のほうから出場者にアプローチしてもおかしくはない」

「つまり、板垣さんと著者は事前につながっていた、と」

「あの作家さん、トークイベントには登壇させられなかったが、表彰式に出る可能性がある関係で、決勝戦が始まる前から本部に待機させておいたはずだ。確か、その場所が――」

「パーティションで区切られた、あのスペースですよ！」

出場者たちに姿を見せられないため、いわば閉じ込めておいたのだ。そしてほかでもないそのスペースに、わたしは抽選箱を移動させたのである。

「どうやら、だいぶ疑わしくなってきたようだな」

局長がニヤリと笑っているのは、この筋書きをおもしろく感じているからか。

「板垣さんと作家が共犯なら、トークイベントの名前の貼り紙を見るまでもなく、板垣さんは決勝進出を知りえたことになりますね。二人が大会中も連絡を取り合っていたとすれば」

「トークイベントに出演できないことをスタッフから伝えられた時点で、作家は板垣さんの勝ち上がりを知るわけだからな」

「さらにうがった見方をすれば、板垣さんは不正とは無関係だったとさえ考えられます。作家が板垣さんの予選通過を知り、独断で抽選箱に細工をしたのかもしれない。

出場者を除いて唯一、不正をする動機も、その機会もあった人ですから」

と、ここまで来て疑問は振り出しに戻った。

「……でも、作家が板垣さんを勝たせようとしたとして、何で7と8を抜いて3と4を足したんでしょうね」

「そこなんだよなぁ」

恰幅《かっぷく》のいい局長が背もたれに寄りかかったことで、回転椅子がギィと悲鳴を上げた。

「作家犯人説で説明はつく。くじを入れ替えたことについても、おれたちには思いもよらない理由が隠されているのかもしれない。けどなぁ……」

「目的がわからない以上、不正と断定することはできませんね」

「それこそ板垣さんとは何の関係もなく、単に作家が出来心でいたずらした可能性だってゼロではないからなぁ。作家っちゅうのは、なべて変わった生き物だから……とはいえ、だ」

局長は身を起こし、両足の太ももをパンと叩いて続けた。

「板垣さんの優勝に不正が関わっていたとなれば、とんでもない事態だぞ。大会が根底から揺るがされかねん。徳山、もしかするとおれたちは、パンドラの箱を開けてしまったのかもしれんな……」

優勝者の不正を暴けば、大会の価値を毀損するほどの大問題に発展するだろう。確かにこれはパンドラの箱だ。

「そう考えると、おれたちスタッフがこんなことを言っちゃいかんが、榎本さんから調査をやめるように言われたのは案外、地獄に仏だったりしてな」

素直にはうなずけないが、どちらにしても調査は進められない。局長との議論は臆測の域を出ないし、わたしたちが今後、真相にたどり着くこともないだろう。

「で、謝罪旅行は来週末だっけか。悪いな、交通費も出せないで」

「個人的なけじめなのでそれは構いませんけど、謝罪旅行はやめてください。せっかくの彼氏との旅行が楽しみじゃなくなります」

「ハハ、そうか。穏便に済めばいいが」

「それなんですが、榎本さんに納得してもらうためには、わたしなりに責任を取るつもりだというところを示す必要があると思いまして。こちら、受け取っていただけますか」

わたしはジャケットの内ポケットから、封筒を取り出した。

相田局長が眉をひそめる。「それは?」

「異動願です」

わたしが差し出すと、局長は封筒をひとまず手に取る。

「今回の混乱の責任を取って、わたしは今後一切、全国高校ビブリオバトルに携わらないようにします。あれが不正にせよ単なるいたずらにせよ、わたしの意識の低さが招いたことです。わたしには、大会に関わる資格がないと思います。畢竟《ひっきょう》、活字推進委員会もやめざるを得ません」

「よくよく考えてのことなのか」

「はい。それぐらいの態度を示さないと、榎本さんはわたしのことを許してはくれないでしょう」

　本好きのわたしにとって、活字推進委員会の仕事は天職だった。それなのに、たった一年足らずで部署を離れなければならないのは断腸の思いだ。けれど、好きな仕事ばかりをやってはいかれないのは社会人の宿命だ。仕方がない、ほかの誰でもなく、これは自分のせいなのだから。

　相田局長は低くうなってから、封筒をデスクにしまった。

「いったんあずかっておく。本音を言えば、徳山には部署を出ていってほしくない」

「そのお言葉だけでも、身に余る光栄です」

　局長が椅子から立ち上がり、逃げるようにオフィスから去っていく。ますます離れがたくなるのを振り切るように、わたしは自分のデスクに戻って仕事に没頭した。

そして、その後は何の進展もないまま、わたしは京都旅行の日を迎えたのである。

4

「……と、いうことなの」

わたしが話を終えると、和将はテーブルに片方のひじをつき、あごを手に載せた。

「なるほどねぇ」

テーブルの上では、わたしのスマートフォンがとある映像を流し続けている。全国高校ビブリオバトル決勝大会の模様はすべて客席に設置されたカメラで撮影されていたので、そのデータをコピーしてもらったのだ。わたしは話の最中にも問題のくじ引きの場面を繰り返し再生し、注文したコーヒーを店員が届けてくれたときでさえ止めなかった。

「で、実希はその板垣さんや作家が犯人だとにらんでいるのか」

和将の問いに、わたしは首を傾ける。

「半信半疑ってとこかな。決勝進出の情報を事前に知りえたのが、スタッフを除くとその二人に絞られることは確か」

「しかしもちろん、反対に負けを確信した出場者が、勝者への嫌がらせのためにいたずらした可能性もあるわけだ」

「まあね」

あのくじの細工から誰かが恩恵を受けたとは考えにくい。むしろ単なるいたずらと見たほうが、よほど納得がいく。

わたしはコーヒーに口をつける。ネットで調べた限りでは、コーヒーの味が評判になり、ここ数年客足が伸びている喫茶店なのだという。店名のタレーランというのも、コーヒーに関する名言を残したフランスの伯爵の名前だそうだ。わたしはコーヒーにうるさい口ではないが、言われてみるとしっかりした苦みとコクのあとからほんのり甘みが追いかけてきて、とてもおいしい。店員はわたしと同年輩に見えるが、このコーヒーからは老練した感じを受ける。

和将は、わたしと相田局長の議論が腑《ふ》に落ちないようだ。眼鏡のつるを触りつつ、新たな仮説を提示する。

「榎本さんの自作自演ってことはないかな」

失笑してしまう。「何のために？」

「負けた場合の保険だよ。実はプライドがものすごく高くて、負けるのはどうしても嫌だった。けど、確実に優勝できるほどの自信はなかった。そこで、抽選箱に細工をしておいて、負けたときの言い訳と責める相手を用意しておいたんだ。実際、そうなったようにね。それに彼女が犯人なら、調査をやめるように言ったこととも合致する」

恋人のわたしに味方したいあまり、心の眼鏡まで曇ってしまったみたいだ。その気持ちはうれしくもあったけど、わたしは彼の考えを一蹴した。

「何度も言うように、二十分の休憩時間の段階では、予選の結果はまだ出てなかったんだよ。榎本さんが決勝に進める手応えを感じていたとして、なのに決勝では負ける前提で抽選箱に細工するなんて、出場者の心理としてはねじれているよ」

「そうかな。プライドを守るためなら、何だってやる人は多いよ」

「百歩譲って、榎本さんの自作自演だったなら、決勝戦での彼女のプレゼンが振るわなかった説明がつかない。くじ引きで混乱が起きることを、彼女だけはあらかじめ知っていたんだからね。プライドを守りたかったのなら、そもそも優勝するのがベストだったのだから、プレゼンでわざとしくじるはずはない。やっぱりあれは、くじ引きの結果に動揺したせいだとしか思えない」

「細工したことに気を取られすぎて、自滅してしまったとか……」

「牽強付会《けんきょうふかい》だよ。そもそも、混乱を起こしたかっただけなら、なぜ7と8を抜いて3と4を足すなんて手間のかかることをしたの？　くじを何枚か抜いておくとか、あるいは白紙のくじを足しておくとか、それだけでもよかったんじゃないの」

「枚数が違うと、スタッフが違和感を抱くかもしれないだろ。深い考えもなく二枚抜いて、代わりにスタンプがそこにあったから二枚作って足しただけのことさ。大した手間じゃない。数字は何でもよかったんだ、抜くほうも、作って足すほうも――」

　そこで突然、和将は口をつぐんだ。

「どうかした？」

「いや……何で、3と4のくじが足されたんだろうな」

「ほかの数字じゃなくて、ってこと？」

「そうじゃない」和将の目つきが鋭くなる。「くじ引きを混乱させることが目的なら、足す数字は何でもいい。それこそ白紙でもよかったわけだが、そこはまぁいいとしよう。あえて3と4のくじを作っているところが、いかにも不自然だ」

「話がよく見えないよ」

「犯人は当然、抽選箱に細工しているところを誰にも見られたくなかったはずだ。なら、一秒でも早く済むに越したことはない。とりあえずくじを二枚抜いて、代わりのくじを作ろうとする。さて、どうするか――僕なら間違いなく、同じ数字のくじを二枚作る」

　ようやく彼の言わんとしていることがわかった。

「犯人は、わざわざスタンプを持ち替えて、3と4のくじを作っているのね」

「そういうことになる。なぜ、そんなまどろっこしいことをした？　混乱させたいだけなら、同じ数字でもよかったのに。これは裏を返せば、やはり3と4のくじを作ることに意味があった、という結論になりはしないか」

　一理ある。そうなると、ただのいたずらだったという線も考えにくくなる。

「3と4のくじを作ることに、どんな意味があったんだろう……」

「局長さんが言ったように、三番手や四番手というのは、比較的いい順番だと思う。犯人は、どうしてもこれらの数字を引きたかったってのはどうかな」

「一度否定したように、3と4のくじを足したところで、三番手や四番手になる確率が上がるわけではないよ」

「それはそうだけど……いや、待てよ。3と4のくじを確実に引く方法ならあるぞ」

　わたしは驚き、解説を求めた。

「簡単なことさ。自分の引きたい数字のくじをあらかじめ作っておいて、手の中に隠し持ったままステージに上がるんだ。抽選箱の中にその手を突っ込んで、何もせずにまた引き抜く。そうすれば、希望する数字のくじを引いたように見せかけられる」

その手があったか。目から鱗《うろこ》が落ちる思いだった。

「つまり、犯人は3と4のくじを引いた二人ずつのうちのいずれか、ということになるね」

「普通に3と4を引いただけの出場者もいるんだろうからな。ただし、3が二枚ある時点で、4を引いたって四番手にはならないから、もしかすると犯人どうしはお互いの不正を知らなかったのかもしれない。4を引いた人は五番手か六番手を希望していた、とも考えられるけどな。ついでに言えば、くじが残り二枚になった段階で実希が抽選箱の中身を確認しているから、そのあとでくじを引いたGブロックとHブロックの予選通過者も犯人ではない」

わたしはこの推理にそれなりの説得力を感じた。しかし、一方で疑問も残る。

「3と4のくじを引いた出場者たちはいずれも、抽選箱には近づいていないよ」

「自分でくじを作るのは無理だったってことだな。ならこの場合も、協力者がいたと考えるしかなさそうだ。スタンプとメモ用紙を見つけたAブロックまたはBブロックの出場者の誰かが、くじを適当に作って、ほかの出場者に希望する番号のくじを与えたんじゃないか」

くじを作った本人も不正をするつもりだったが、決勝に残れなかったということか。結果的にくじを手にした出場者の中から二人が勝ち上がっただけで、もっと多くのくじが出回っていた可能性もある。

「この不正が効力を発揮するためには、渡したくじよりもあとの番号を抽選箱から抜いておかなければ意味がない。でないと順番がずれてしまう。だから、くじを作った犯人は抽選箱から、とりあえず7と8のくじを抜いておいた。本当は人に渡すくじの番号を抜くのが一番だけど、とっさの行動だったから、誰が何番を希望するかまではわからなかったんだ」

「要するに、適当に二枚抜いたら、たまたま二人が勝ち上がったってこと？　ちょっとうまくいきすぎている気もするけど……」

「そうでもないさ。二枚というのは、いかにも適当に抜いたという感じの枚数だからね。たまたまくじを渡した人の中から二人が勝ち上がる、という偶然は起こりうる。配ったくじの枚数が多ければ多いほど、ね」

つまり不正に加わった出場者は最少でも三人、実際はそれより多いと考えられる、というわけだ。

「それが事実なら、優勝した板垣さんが不正をしたのと変わらないくらい、いやそれよりもはるかに大きな問題になるよ……わたし、胃が痛くなってきた」

「ま、しょせんはこれも臆測に過ぎないさ。いいじゃないか、どうせきみはもう、大会に関わるのをやめるんだろう？」

「そういう言い方をすると、意味合いが変わってくるじゃない。わたし、逃げ出したつもりじゃないのに……」

わたしが機嫌を損ねたからか、和将は腕時計を見て言った。

「そろそろ時間だ。僕は席を移るよ」

店員にことわって、和将がカウンター席へと移動する。わたしはこの店に入ったときよりもさらに重苦しい気分になって、榎本さんが来るのを待った。

約束の十六時を数分過ぎたところで、カランと鐘の音がして喫茶店の扉が開かれた。

「榎本さん。本日はお時間いただき、ありがとうございます」

わたしは立ち上がり、頭を下げた。三週間ぶりに会う榎本さんは、心なしかやせて見えた。彼女は軽く会釈して、さっきまで和将が座っていた椅子に腰を下ろす。

「遅れてすみません。近くまで来てたんですけど、お店が見つからなくて」

確かに入り口がわかりづらかった。気にしないで、と伝える。

わたしが注文をうながすと、榎本さんはカフェラテを頼んだ。店員がテーブルを離れたところで、彼女はぽつりとつぶやく。

「本当に、東京から来たんですね」

「はい。でも、このためだけに来たわけではありません」

これは正直に話しておいたほうが、彼女にとって精神的負担にならないだろう。意気消沈した様子の榎本さんに、わたしのほうから切り出した。

「このたびは、本当に申し訳ありませんでした」

テーブルに額がつくほど深く、腰を曲げる。たっぷり十秒ほど待ってから、榎本さんが放った言葉はどこか投げやりだった。

「もう、どうでもいいです。謝られたって、大会の結果は変わらないし」

許されたと解釈すべきではないだろう。京都まで来た程度では、彼女の心は動かないということだ。手ぶらでなくてよかったと思いつつ、わたしは顔を上げて報告する。

「大会を混乱させた責任を取って、活字推進委員会をやめることにしました。もう、わたしがあの大会に関わることはありません」

すると、さすがに榎本さんの瞳に動揺の色が浮かんだ。

「そうなんですね……」

高校生でありながら、彼女は社会人が責任を取ることの重みをちゃんと理解している。わたしは続けた。

「わたしの代わりにほかのスタッフたちが、しっかり大会を運営してくれるはずです。だから安心して、よかったら来年もぜひ参加してください。榎本さんはまだ一年生でしょう。それで府大会を勝ち上がり、全国大会の予選でもあれだけのプレゼンを見せてくれたのだから、次回は優勝も夢じゃない。わたし、心からそう思います。今年のつらい思い出は、来年の大会で払拭して――」

ところが、榎本さんはわたしをさえぎって宣言した。

「来年は出ません。もう、意味がないから」

予選のステージであれだけの輝きを放っていた彼女がすっかり意固地になってしまっていることに、わたしは焦る。

「そんな……無意味なんてことはない」

「謝りに来たんですよね？　それとも、来年も出場させることが目的なんですか。もしあたしが来年も決勝大会に出場して、あたしの紹介した本がチャンプ本に選ばれたとしても、それであなたのミスが帳消しになるわけではないのに」

淡々と正論を吐く彼女の姿に、胸が潰れそうになる。わたしはひとりの女子高生から、熱中できるものを奪ってしまった。

これ以上、打つ手はなかった。わたしは力なく、同じことを繰り返す。

「……ミスを帳消しにしたいだなんて、思ってもみません。わたしはただ、あなたに謝罪したいこと、責任を取る意思があること、この二つをお伝えに来ました」

「それはもう、わかりました。ほかに話がないなら、帰っていいですか」

返事を待たず、榎本さんは席を立った。引き止めたかったけれど、そうしたところでいまのわたしに何を言えよう。

わたしはうつむいて下唇を嚙み、失意に耐えた。謝罪は失敗に終わった。わたしなりに、できるだけのことはやったつもりだ——だが、届かなかった。

帰ろうとする榎本さんを見て、女性店員が驚く。彼女の手にした銀のトレイには、カフェラテの入ったカップが載っていた。榎本さんは、注文の品に口もつけずに去ろうとしている。

彼女の細くて白い指が、真鍮《しんちゅう》製のドアハンドルにかかる。まさに扉が開かれようとした、そのときだった。

「——それでいいの？」

背中から声をかけられ、榎本さんは動きを止めた。

女性店員が、榎本さんに問いかけている。初め、カフェラテを飲まずに帰っていいのか、と訊ねているのかと思ったが、違った。

「本当に、あなたはそれでいいの」

店員が繰り返す。明らかに、彼女は何かを訴えている。

榎本さんが振り返る。わけがわからない、という顔をしている。当然だ。赤の他人のはずの店員から、いきなり意味不明の質問をされたのだから。

店員は、榎本さんが何か言ってくれるのを切望している様子だった。けれども榎本さんが黙り込んでいるのを見て、あきらめたように息をつく。そして、彼女はわたしのほうを一瞥してから、意想外の言葉を放ったのだった。

「あの方に責任を取らせて、あなたは本当に満足なのかって訊いてるの——ズ、ル、を、したのは、あ、な、た、自身なのに」

5

榎本さんが、両目を大きく見開いて固まった。

「ちょっと、何を言ってるんですか」

たまらずわたしは立ち上がり、店員をとがめる。けれども店員の眼差《まなざ》しは、無責任な発言をしたとは思えないほど真剣だった。

「申し訳ありません。いけないとは思いつつ、ほかにお客さまがいらっしゃらなかったものですから、先ほどのお話をすべて聞いてしまいました」

「それは、仕方ないですけど……榎本さんがズルをしたって、どういうことなんですか。部外者が口をはさまないでください」

大会に出てくれた榎本さんを守ろうとするわたしの怒りを、説明を求められたと解釈したらしい店員は、落ち着いた口調で語り出した。

「抽選箱から7と8のくじが抜かれ、3と4のくじが足されたのですよね。なぜ、犯人はそんなことをしたのでしょう。最初に、スタンプを二つ使ってまで3と4のくじを作った理由からお話ししましょう」

その疑問に言及した和将が、店員の背後で目をしばたたいているのが見える。

「犯人が適当にくじを作り、配って回ったから？　いいえ。答えはもっと単純です。犯人は、二人いたのです」

単独犯ではなく、共犯だったと言いたいらしい。

「犯人が、抽選箱に細工をするところを誰にも見られたくなかったのは道理です。できる限り早く済ませたい。二人で協力して二枚のくじを作れば、当然スタンプは別のものを使うことになり、違う数字のくじが一枚ずつできあがります」

なるほど、と思わされた。こんな簡単なことに、なぜ思い至らなかったのだろう。

次の瞬間、わたしははっと気づく。

「犯人は二人組だった。と、いうことは……」

「互いに潔白を主張し合った二人の男子高校生、新房くんと大地くんでしょう。ほとんどの出場者は大会当日に初めて顔を合わせたばかりで、共犯関係を結ぶのは難しかったでしょうから」

そういう結論になる。だが、わたしは慎重だった。

「疑わしい、というだけでしょう。証拠はあるんですか」

「あなたが電話をかけた際、新房くんは詳しい説明を聞くより先に、無実を訴えたんでしたよね」

「ええ、そうでした」

「ではなぜ、新房くんは小休憩のアリバイを主張したんでしょうか。その時間に細工がなされたと考えられることについて、あなたはまだ何も話していなかったのに」

あっと思った。あのくじ引きを見ただけで、不正が二十分の小休憩中におこなわれたと断定することはできない。

「新房くんは、あなたから聞くまでもなく知っていたのです。抽選箱に細工がなされたのは、二十分の小休憩のあいだだったことを。なぜなら、ほかでもない彼が犯人だったからです。だから彼はあなたの電話を受けて、疑われるのを恐れるあまり、勇み足で無実を主張してしまった。大地くんが彼の嘘に乗ったのは、単に察したからか、もしくは疑われた場合の対応について事前に打ち合わせてあったからかもしれませんね」

有効な反論を思いつかない。犯人が新房くんと大地くんであることは確かなように思われた。

「でも、彼らはどうしてあんなことを」

「7と8のくじが抜かれ、3と4のくじが足されたことによって、何が起きるか。間違いなく影響を受けるのは、4よりも後ろの数字を引いた出場者です」

1と2のくじを引いた人は、そのまま一番手、二番手を務める。3を引いた二人が三番手と四番手、4を引いた二人が五番手と六番手になり、5が七番手、6がトリの八番手になる。これは、確実でこそないがおおむね予想がつく展開だ。

「局長さんがおっしゃったように、できればトリは避けたいと考えるのは普通の感覚でしょう。新房くんたちは後ろの数字のくじを抜き、もっと手前の数字のくじを増やすことによって、6を引いた出場者に望まないトリを押しつけたのです」

わたしは榎本さんに目を向けた。沈黙を保っているが、その顔は青ざめている。

「なぜ、そんなことを……誰が6のくじを引くかなんて、わかりっこないじゃないですか」

「ところが、彼らにはわかっていたんですよ。榎本さんは、すでに6のくじを引いてしまっていたのだから」

店員の告発の意味がようやく判明する。それこそが、榎本さんのズルだったのだ。

「予選のプレゼンを終え、榎本さんは手応えを感じていたんだと思います。そうしたところに、彼女は本部に無防備に置かれた抽選箱を見つけた。そのとき、月並みな言い方ですが、彼女の耳元で悪魔がささやいたのでしょう。自分の希望するくじをあらかじめ引いておいて、手の中に握り、抽選箱から取り出したふりをして示せばいい、と」

この不正の方法は、さっき和将が考えついたのと同じものだ。だが、3と4のくじを引いた出場者ではなく、榎本さんがその手を使っていたとは思わなかった。

「榎本さんが紹介したのは、数字に関する本だったのでしょう。事前にプレゼンの順番が確定していることは、彼女にとって大きなメリットになります」

店員が指摘する。事実、予選では三番手を務めた榎本さんは、数字の3をうまくプレゼンに取り入れていた。

「榎本さんは六番手になることを希望し、抽選箱の中から6のくじを探し出してくすねました。くじが一枚減ったくらいでは、スタッフは気づかないだろうと踏んだのです——しかしながら、そのさまを新房くんたちに見られてしまった」

店員の推理が間違っているのなら、否定してほしかった。けれども榎本さんは、この期に及んで唇を引き結んでいる。

「新房くんたちは思います。『榎本さんは、何かズルをしていたようだ。予選で自分たちが榎本さんに負けたとしたら、それは仕方のないことだが、そのまま彼女が決勝戦でズルをして優勝するのは許せない。邪魔をしてやろう』と。そこで彼らは抽選箱を調べて6のくじがなくなっていることに気づき、榎本さんの企みを見抜いて、彼女が六番手ではなくトリになるよう知恵をはたらかせたのです」

その結果が、7と8のくじが消え去り、代わりに3と4のくじが二枚現れるという、あの混乱に満ちたくじ引きだったのだ。

店員の推理が正しいことを、わたしは半ば確信し始めていた。それでもまだ残っている疑問を口にする。

「休憩時間の段階では、榎本さんの予選通過はまだ確定していませんでした。手応えがあったというだけで、不正をしようと思うものでしょうか」

「その点については、榎本さんが予選で敗退した場合のことを想像すればいいでしょう。くじ引きがおこなわれ、Gブロックの予選通過者が七枚めのくじを引いた時点で、抽選箱の中身は空になってしまいます。とりあえずくじを開くと、6のくじがない。くじを引けなかったHブロックの予選通過者は、自動的に六番手を割り当てられます。多くの人が、スタッフが6のくじを入れ忘れたのだろうと思うだけで、混乱は起こりません。つまり、たとえ榎本さんが敗退していても、特に何の影響もなかったのです」

反対に、榎本さんが予選を通過していれば、彼女は確実に六番手を務められるはずだった。バレさえしなければデメリットはなく、メリットは大きい。ズルをしない手はない、と榎本さんが判断したのはもっともだった。

「映像に、はっきり映っていましたよ。くじ引きの直前、名前を呼ばれてステージに上がった榎本さんが、くじを隠し持つ手を握りしめたまま開こうとしない様子が」

店員はコーヒーを運んだ際に、わたしのスマートフォンにも目を走らせていたらしい。映像を確認するまでもなく、榎本さんが本を持っていないほうの手を握りしめていたことをわたしは憶《おぼ》えている。あれは緊張のせいではなく、6のくじを隠し持っていたからだったのだ。

「榎本さんが調査をやめるように言ったのも、くじ引きで混乱が生じた瞬間に、自分の不正が誰かに目撃されたことを悟ったからでしょう。犯人を突き止められると、彼女のやったことが明るみに出てしまう」

新房くんや大地くんが、彼女の不正の証人になってくれるに違いない——もはや、榎本さんは言い逃れできない。

「本当なの、榎本さん」

それでもわたしは、榎本さんに反論の機会を与えた。彼女は何も答えなかったが、いまにも泣き出しそうな顔をしていること自体、罪を認めているも同然だった。

この三週間、わたしが頭を悩ませ続けても見抜けなかった真相を、店員はたった一度話を聞いただけで導き出してしまった。いったい何者なのだ、この人は。畏怖の念すら覚えつつ、わたしは問う。

「どうして……無関係のあなたが、榎本さんの不正を暴き立てるんです」

すると彼女は、わたしではなく榎本さんのほうを向いて語った。

「私、あなたよりは少し長く生きているから、想像がつくんです。あの方が混乱の責任を取って大会のスタッフをやめることになれば、もしかしたらあなたは胸がすくかもしれない。でも、それはたぶん、いまだけ」

榎本さんはおびえを浮かべつつ、店員から目を逸《そ》らせないでいる。

「あなたがズルをした結果、あの方がスタッフをやめざるを得なくなったことは、きっとあなたの心のどこかにしこりとなって残る。時が経てば経つほど、ビブリオバトルの思い出は、あなたにとって苦しいものになる――せっかく一所懸命準備して、練習もして、府大会を勝ち上がり、全国大会の決勝戦にまで進出したのに。もしかすると、大好きなはずの読書さえ、嫌いになってしまうかもしれない」

だから、黙っていられなかったのだという。

「このまま帰ってしまったら、取り返しがつかなくなると思った。あの方がスタッフをやめる前に真実を告白する機会は、これが最後になるんじゃないかと危惧したんです。だから、問いたださずにいられませんでした。あなたは本当にそれでいいのか、と」

榎本さんがうつむく。その声は、懸命に絞り出すようだった。

「……あたしのおばあちゃん、癌《がん》なんです。もう、一年はもたないだろうって言われてて」

彼女は不正の動機を語ろうとしている。店員の説得が、榎本さんの心を動かしたのだ。

「小さいころ、あたしはひどい人見知りで、学校でも友達が全然できなくて、寂しい思いをしてました。そんなあたしにあるとき、おばあちゃんが本を買い与えてくれたんです。あたしは夢中になって読み、すぐに一冊を読んでしまうと、おばあちゃんに次の本をせがみました。そうしてあたしはいつしか、読書が大好きになっていったんです」

榎本さんは読書によって、友達のいない寂しさを埋めることができたそうだ。

「いまではあたしにも友達ができました。でも、おばあちゃんにはずっと感謝してたから。おばあちゃんの癌が発覚して、どうにか生きてるうちに恩返しをしたいと思っていたところに、全国高校ビブリオバトルのことを知ったんです」

榎本さんは、即座に出場を決意した。

「あたし、どうしても優勝したかった。おばあちゃんのおかげで読書が好きになって、こんな大会で優勝できたんだよって、おばあちゃんが生きてるあいだに報告したかったんです。だから、本当は人前でプレゼンなんて苦手だったけど、精一杯がんばって府大会を勝ち上がり、全国大会の決勝戦に進むことができました」

――来年は出ません。もう、意味がないから。

榎本さんがそう語っていたことを思い出す。来年の大会が開かれるころには、おばあちゃんはもうこの世にいないだろう。あの発言は、彼女がそう考えていることの表れだったのだ。

「……数字の6には、とっておきのエピソードがあったんです」

悔恨に声を震わせながら、榎本さんは続ける。

「あの話をプレゼンに盛り込めば、観客を喜ばせられる自信がありました。だから、どうしても六番手になりたかった。もし、あそこに抽選箱が無防備に置かれていなければ、あたしは一時間の休憩中にしっかり本を読み返し、どんな数字を引いても対応できるよう準備したでしょう。でも、6のくじを先に引くというズルをしてしまった時点で、その必要はなくなったと思った。あたしは6にまつわる話をすることだけを考えて、本を読み返すのを怠ってしまいました」

実は、榎本さんは新房くんたちが抽選箱に近づいたのを見かけたのだという。

「その段階では、彼らがあたしのズルを目撃したのかどうかまではわかりませんでした。彼らも抽選箱に何かしたのだろうかと不安になりましたが、中身を確かめるより先に、スタッフさんが戻ってきてしまいました。あたしは、まさか彼らが細工をしたなんてことはないだろうと決めつけ——あるいはそう祈りたかっただけなのかもしれませんが、とにかくこれ以上は誰も抽選箱に近づかないようにと、スタッフさんに管理を強化させました。抽選箱の中が、すでにあんなことになっていたとも知らずに」

結果、6のくじを持っていたにもかかわらず、榎本さんはトリの八番手を務めることになった。6のエピソードを話せなくなったことで時間を余らせ、また何よりも自身の不正を誰かに見られたらしいと悟って動揺したために、彼女のプレゼンは失敗に終わった。

「6のくじを引いたことに変わりはないのだから、そのまま6のエピソードを話してもよかったんじゃないの」

わたしが訊ねると、榎本さんは力なくかぶりを振った。

「怖かったんです。八番手なのに6の話をしている違和感から、誰かがあたしのズルを見破ってしまうのが。あのときのあたしは、とても平静ではいられませんでした。たとえ6の話をしていたとしても、プレゼンはうまくいかなかったと思います」

そして、店内には彼女の鼻をすする音が響いた。

わたしは考える。確かに、わたしにも抽選箱の管理を怠ったという非はあった。だが、くじ引きの混乱は榎本さんのズルが発端だった。それでもわたしは京都を訪れて彼女に直接謝罪し、いまでも責任を取って活字推進委員会をやめようとしている。彼女の抱える切実な事情を知ってなお、憤りを覚えないと言えば嘘になる。わたしはいま、大人として、彼女の出場した大会のスタッフだった人間として、どのような態度を示すべきなのだろう。

わたしはテーブル席を離れ、榎本さんのそばに歩み寄る。おびえた目でわたしを見つめる彼女を見ていると、自然と言葉が口を衝《つ》いて出た。

「たとえ優勝できなかったとしても、おばあちゃんはあなたのことを誇りに感じていると思うよ」

スタッフだからこそ、大会をこの目で見ていたからこそ、わたしは言わなければならない。優勝するかどうかよりもずっと大切なことが、あの大会には間違いなくあったのだ、と。

榎本さんの両目から、大粒の涙がこぼれ出す。

「ごめんなさい。本当に、ごめんなさい……」

「わたしも悪かった。管理の甘さで、あなたを悪者にしてしまった。だからもう、謝らないで」

彼女はしゃくり上げながら、それでも次の一言を告げた。

「来年も、また出場してもいいですか」

うれしくなって、わたしは言った。

「もちろん。今回のことは、不問に付します。実力者のあなたが出場してくれたら、きっと大会はまた盛り上がるはず。来年こそは正々堂々と戦って、おばあちゃんがどこにいたとしても、いい報告ができるようにしましょうね」

わたしは彼女の背中をさすってあげる。ふと視線を移すと、店員はふわりと微笑《ほほえ》んでいた。

6

「自分は責任を取ってスタッフをやめる決意さえしたのに、ずいぶん寛大な措置だったね」

元いたテーブル席に戻った和将が、こちらをひやかすように言う。すでに榎本さんは帰ったあとで、店内にはゆったりとした空気が流れていた。

念のため、わたしは店員に許可を得たうえで新房くんに電話をかけ、彼らが抽選箱に細工をしたことを確かめた。榎本さんがズルを認めたと話すと、彼はあっさり自分がやったと白状した。

「あんな細工をするのではなく、スタッフに教えてほしかったです」

わたしがはっきり伝えたところ、新房くんはばつが悪そうに、

『おとがめなしになるのは気に食わないけど、かと言って彼女を引きずり降ろして別の誰かが予選を繰り上げ通過みたいな展開になるのも、それはそれで嫌だったんですよね。予選のプレゼンを見れば、榎本さんが勝ち上がるのは順当だと思えたし。僕らはただ、彼女にほかの決勝進出者と同じ条件で戦ってほしかっただけなんで』

予選をともに戦った者として、榎本さんに対する敬服と非難の狭間《はざま》で揺れ動いた結果、あんな行動に及んだらしい。わたしは、今回は彼らも不問に付すこと、ただし二度は見逃さないことを強調し、電話を切った。

和将の言葉にちょっぴり照れくささを感じながら、わたしは口を開く。

「本を読むというのは、自分以外のたくさんの人の人生や、考え方や感情や価値観に触れて、自分の人生だけを生きていては決して知りえないことを知る営みだと思うの。それはきっと、人との違いや多様性を受け入れ、広い心を持つことにつながっていく」

「うん。同感だ」

「であれば読書の大会のスタッフを務めたわたしが、その手本を示すことには意義があるんじゃないかな。あの子に厳しく対処するのは簡単だけど、いまは許してあげて、読書が好きだという彼女の気持ちを摘まずにいるほうが、ずっと彼女のためになる気がするんだ」

和将は二度、しみじみうなずいたあとで、

「僕はいま、きみとお付き合いすることができて、本当によかったと思っているよ」

「こうなったのは、あなたがもう一度考えてみようと言ってくれたからでもある。ありがとう」

「どういたしまして。ま、僕は何の役にも立てなかったけどね」

そう、すべてはあの女性店員の手柄なのである。その店員が、トレイに何かを載せて運んできた。

「こちら、サービスです」

わたしと和将の前に一杯ずつ、コーヒーの入った小さなカップを置く。

「これは?」

「カフワ・アラビーヤ。アラブ諸国で飲まれているコーヒーです」

わたしたちが普段飲んでいるコーヒーとは、淹《い》れ方が異なるのだという。イブリックと呼ばれる取っ手つきの小さな鍋に細かく挽いたコーヒー豆と水を入れ、煮出したのちにその上澄みの液を飲むそうだ。おおむねトルココーヒーと同じものだが、アラブ諸国ではカルダモンで風味をつけることが多いらしく、目の前のカップからもコーヒーの匂いに混じってカルダモンの爽やかな香りが漂ってきた。

「カフワ・アラビーヤは、二〇一五年にユネスコの無形文化遺産に登録されました。ベドウィンの来訪者に対してコーヒーを振る舞う習慣から、『アラビアコーヒー、寛容さの象徴』という言葉で知られているそうです」

「寛容さの象徴……」

「いまのお客さまに、ぴったりの飲み物かと思いまして」

店員はそう言って微笑む。

わたしはカップに口をつけた。砂糖が入っているらしく、苦みの向こうに甘さを感じられる。わたしの知るコーヒーとはまったく違う飲み物だけど、これはこれでおいしいな、と思った。

「うん。悪くないね」

向かいの席で、和将も満足げだ。

「このような知識、すなわち寛容であらんとする異国の素敵な文化も、私は本から学びました。本好きの榎本さんもきっと、これからいろいろな本を読み、さらに多くのことを知って成長していくでしょう」

店員の言葉に、わたしは同意する。

「そうですね。少しでも、そんな若い人たちの力になれたらいいなって思います」

すると、和将がわたしのスマートフォンを指差して言った。

「なら、きみがいまやるべきことは、ひとつしかないね」

わたしは彼の意を汲《く》んで、スマートフォンに手を伸ばした。電話をかけると、相田局長は数コールで出てくれた。

『おう、どうした、徳山』

わたしは深く息を吸い込んで言う。

「異動願、取り消させてください。わたし、もっと活字推進委員会で働きたいです」

局長が、電話越しにふっと笑った。

『いいよ。これからも、がんばってくれ』

「ありがとうございます！」

見えないと知っていて、わたしは頭を下げる。和将と店員が、拍手で祝福してくれた。

東京に戻ったら、いちだんと忙しくなりそうだ。そんな予感を胸に、わたしはいま、かつてないほど使命感に燃えていた。

緋色の脳細胞

小西マサテル

小西マサテル （こにし・まさてる）

1965 年生まれ。香川県高松市出身、東京都在住。明治大学在学中より放送作家として活躍。第 21 回『このミステリーがすごい！』大賞・大賞を受賞し、本作にてデビュー。2023 年現在、ラジオ番組『ナインティナインのオールナイトニッポン』『徳光和夫 とくモリ！歌謡サタデー』『笑福亭鶴光のオールナイトニッポン .TV@J:COM』『明石家さんま オールニッポン お願い！リクエスト』や単独ライブ『南原清隆のつれづれ発表会』などのメイン構成を担当。

1

今朝は青い虎が入ってきたんだ、と楓《かえで》の祖父はいった。

「どうやってノブを廻《まわ》したんだろう。器用なものだね」

祖父は、虎が書斎に入ってきたことよりも――そしてその身体《からだ》が青色の体毛に覆われていたということよりも、その虎が玄関の扉を開けて入ってきたことのほうに驚いているようだった。

「噛《か》まれなくて良かったじゃない」

楓は、あえて軽口をたたいてみせた。

内心では、せっかく起きてるのにまたそんな話か、と少しばかり落胆する。

週に一度ほどの訪問だが、祖父はほぼ寝ているのが常だった。

かといってたまに起きていても幻視《げんし》の話ばかりだ。

そして楓が帰るまでそうした話に終始し、まともな会話が成立しないのである。

それでも楓は素直に〝青い虎の話〟に耳を傾け、何度も相槌《あいづち》を打ってみせた。

実家でもある祖父の家で過ごすひとときは、かけがえのない時間だと思えたからだ。

「それで虎はね——」と祖父は、前脚を交差させる歩き方の真似《まね》をした。

「立ち去るとき、実に幸せそうな笑顔を見せたんだよ」

「虎が笑ったの？」

あぁ……まただぁ、と心の内で苦笑いする。

現実にはあり得ない幻視の話なのに、また本気で聞き入っているではないか。

そう——最初は熱心に聞いている〝ふり〟をしているにもかかわらず、祖父の語り口が余りに巧みなせいか、いつも我知らずその世界に引き込まれてしまうのだ。

そして今日などは、書棚のどこかの本の挿絵から本当に青い虎が飛び出してくるような錯覚さえ覚えるのだった。


語るだけ語って満足したのだろう。

祖父の両の瞼《まぶた》が、ゆっくりと閉じていく。

日がな一日、祖父はこの部屋の電動式のリクライニング・チェアーに座っている。

長身痩軀《そうく》の祖父に合わせて大きめのサイズを選んだのだが、想像以上に座り心地が良かったらしく、ほとんど椅子から離れないようになってしまったのは大きな誤算だった。

傍らのサイドテーブルには、移動に欠かせない木製の杖《つえ》が立てかけられている。だが、杖を勧めてくれたケアマネージャーからは、用を足すときはお使いになるのに本棚から本を選ぶときは面倒くさがってまるで使ってくださらないのよ、転倒が心配だわ、とため息まじりの愚痴を聞かされていた。

（今でも本が好きなんだ。でもおそらく内容は——）

ほとんど頭に入ってきていないんだろうな、という寂しい想像がよぎる。

本で埋め尽くされた書斎に、饐《す》えたインクの香りが漂う。

それは、楓が好きな神保町《じんぼうちょう》の古本屋街を思い起こさせた。

気付くと窓から差す木漏れ日が迷彩模様となり、祖父の寝顔に落ちていた。

高い鼻梁《びりょう》と目尻に刻まれた皺《しわ》が、七十一歳だというのになぜだかしいがまるでない顔の上に複雑な陰影をかたどっている。

昔に比べると顎や頬の肉は削《そ》げ落ちているが、それが逆に彫りの深さを際立たせていた。

広い額の真ん中から分けられた毛量たっぷりの長髪は、七割ほどの白髪が残りの黒髪とグラデーションを成していて、これまた古代ローマのコインに彫られた皇帝のような立体感を醸し出している。

孫娘目線という贔屓目《ひいきめ》を抜きにしても、堂々たる容貌に思えた。

(モテたんだろうな、きっと)

楓は、ずり落ちていたブランケットを祖父の細い首元までそっと掛け直した。

掃除を終え、石鹼《せっけん》の香りの抗菌スプレーを書棚の本に当たらないように注意しながら噴霧すると、もう理学療法士がリハビリのためにやってくる時間になっていた。

この抗菌スプレーは、単に部屋を清潔に保っておくためだけにあるのではない。

祖父は頻繁に、蚊のようなたぐいの小さな虫の幻覚を見る。

そうした場合、即席の〝殺虫剤〟の代わりにもなるのだ。

(じゃあね、おじいちゃん)

(——また来るね)

書斎の扉の脇には、亡き祖母から譲られたかたちとなっている鏡台があった。

経年劣化ならぬ経年進化とでもいうのだろうか。

鏡台の木目には積み重なった時間が複雑な色合いの化粧となって塗りこめられており、それが格別の味わい深さを醸し出していた。

楓は鏡台の引き出しからヘアブラシを出し、さっと髪を整えてから鏡を見て顔を作る。

（笑え）

かつては重厚な樫《かし》の木製《き》だった書斎の扉は、そのうち祖父が車椅子に頼らざるを得なくなるときに備え、スライド式のそれにリフォーム済みだった。

楓は音を立てないようにそっと扉をスライドさせながら、碑文谷《ひもんや》の祖父の家を後にした。

2

帰路、東横線《とうよこ》に揺られながら車窓に目を移すと、まるで表情のない顔が映じていた。

せっかく作った笑顔だったが、もうそのかけらさえ残っていない。

すでに空は薄めの口紅をひいたようにたそがれていた。

秋口とあって積乱雲は姿を消し、さまざまなかたちの雲が点在している。

楓の胸に、ふと、祖父との記憶が去来した。

二十三年前、四歳の楓。

縁側で彼女は祖父の胡坐《あぐら》に乗っかりながら、茜色《あかね》に染まる空を見つめている。

祖父が、知性を漂わせる澄み切った双眸《そうぼう》から視線をひざ元に落とす。

「楓。あの辺りの雲は、それぞれなにに見えるかい。それらをすべて使って、ひとつのお話を作ってみなさい」

今思えば、落語の三題噺《さんだいばなし》だ。

楓の想像力の羽をはばたかせようとしたのか――

あれは祖父なりの情操教育のつもりだったのだろう。

楓は間髪をいれずに答える。

「あのくもは、ちっちゃいおじいちゃん。あっちのくもはね、ひらべったいおじいちゃん。それでね、えっと。いちばんおっきなくもは、おじいちゃんよりもふとったおじいちゃん」

それじゃお話を作れないだろう、といいながらも祖父は相好を崩した。

そして驚いたことには、仕方ないとばかり楓の代わりに『さんにんのおじいちゃん』というタイトルの童話を即興で作ってしまったのだ。

細かいストーリーはよく覚えていない。

だが、食いしん坊の「ふとったおじいちゃん」が砂糖と間違えて世界中の風邪薬《かぜ》を飲んでしまい、さんざん馬鹿にされたものの、結果的には世界一長生きした……というような結末だったことは記憶に残っている。

たぶん、粉末の苦い薬が苦手だった楓への教訓のような意味合いがあったのだろう。

でもなにしろ語り口がとびきり面白いものだから、楓は手を叩《たた》いて喜んだものだ。

「ほら、楓。見てごらん」

空を見上げると、「おっきなくも」――「ふとったおじいちゃん」だけが残っており、「ちっちゃいおじいちゃん」と「ひらべったいおじいちゃん」は文字どおり雲散霧消していた。

話の結末どおりではないか。

あっけにとられた楓は、祖父と、空の「ふとったおじいちゃん」を、きょときょとと幾度となく見比べたものだ。

思えばあのときの祖父は、ひそかに雲の様子を確かめつつ話を紡いでいたのだろう。

そして「ちっちゃいおじいちゃん」か「ひらべったいおじいちゃん」が最後まで残っていたならば、話の展開は大きく変わっていたに違いない。

「ね、おじいちゃん。もっと、かえでにおはなしして。じゃないと――」

幼い楓は上を見上げて、祖父の喉ぼとけのほくろから生えている毛を引っ張った。

すると意外とあっさり抜けてしまったので無性におかしくなり、大笑いした記憶がある。

あのときひょっとしたらわたしは、と楓は思った。

(おじいちゃんの知性の栓を抜いてしまったのかもしれない)

祖父の様子が目に見えておかしくなったのは、ほんの半年前のことだった。

散歩に付き合ったとき、歩幅が明らかに小さくなっていたのだ。

「おじいちゃん、見かけより太ってきちゃってるんじゃないの。足が付いていってないよ」

祖父は首を傾《かし》げ、歳だな、と自嘲《じちょう》気味に苦笑してみせた。

楓も最初は体重過多か、単に加齢のせいだと思った――いや、思おうとした。

だが、そこからの進行は速かった。

大好きなコーヒーを飲むと、カップを持つ手がぶるぶると震える。

家を訪ねると、いつも書斎の椅子で、うつらうつらと船を漕《こ》いでいる。

姿勢は常に猫背がちとなり、なにをするにも動作が緩慢になった。

いや、それよりもなによりも。

楓はなによりも、あの日の衝撃を一生忘れることができないだろう。

深夜にスマートフォンが鳴った。

寝ぼけ眼をこすりながら電話に出ると、若い男性とおぼしき相手はなぜか言い辛《づら》そうに〈あのう、救急隊のものですが〉と名乗った。

そして恐縮した様子で何度も言い淀《よど》みながら、こう続けたのだった。

〈楓さんご本人でいらっしゃいますか――あぁ、やはりそうですか。あのですね、壁に貼られてあった緊急連絡先のメモに楓さんの名前があったものですから、こうしてお電話させていただいたのですが。実はここにいらっしゃる楓さんのおじいさまがですね、119番通報をされまして。それで、えぇと――そのですね〉

「どうしたんでしょうか」

〈『血まみれの楓がここに倒れている』と仰《おつしや》っているんです〉

かかりつけのクリニックでは、パーキンソン病と思われるがはっきりしたことは分からないので大きな病院に行ったほうがいい、と勧められた。

大学病院に行き、CTを含め、詳しい検査を受ける。

結果――若い女医は、椅子で昏々《こんこん》と眠ったままの祖父をよそに、こともなげに告げた。

「レビー小体型認知症ですね」

あれほどに聡明だった祖父が、古希を迎えたばかりの年齢で認知症になった――

楓としては、その事実をすぐに受け入れることはとてもできなかった。

だが、自分なりにインターネットや取り寄せた資料で調べてみると、祖父の症状のすべてが、この病気のそれとことごとく符合するのだった。

認知症患者の数は、日本だけで六百万人以上にのぼるらしいこと――そして、一口に認知症といっても、実はさまざまな種類があるということも初めて知った。

いわゆる認知症は、およそ三つに大別される。

一番多いのは患者数の約七十％にものぼる「アルツハイマー型認知症」であり、これはアミロイドβ《ベータ》と呼ばれるタンパク質の一種が脳に沈着することで発症するらしい。世の中のほとんどの人々が認知症と聞いてまずすぐにイメージするのは、この型だろう。

次に多いのが、脳梗塞や脳卒中の後遺症に起因する「血管性認知症」であり、これは認知症患者全体の二十％ほどになるという。

どちらの認知症も、同じ話を何度も繰り返す記憶障害、時間や場所の感覚があいまいになってしまう失見当識《しっけんとうしき》――あるいは外を歩き回る徘徊《はいかい》といった症状が現れることが多い。

そして――祖父が告知された「レビー小体型認知症」――英語の〝Dementia with Lewy Bodies〟の頭文字をとり、DLBとも呼ばれる――は、全体の約十%を占める。

この病名が付けられたのは一九九五年のことだというから、人類の長い病気の歴史からすれば比較的あたらしく発見された疾病のひとつだろう。

近年、「第三の認知症」として注目を浴びており、医療現場はもちろん治験の分野でも、その病態の解明が急ピッチで進んでいるらしい。

DLB患者の脳や脳幹には、決まって、ちいさな目玉焼きのような深紅色の構造物――レビー小体――が見られるという。

そして、この「ちいさな目玉焼き」こそが、手足の震えや歩行障害といったパーキンソン症状であったり、レム睡眠行動障害と呼ばれる大声での寝言であったり、あるいは日中から眠ってばかりいる傾眠《けいみん》状態や、距離感が捉えられない空間認知機能障害を引き起こすのである。

だが――

DLB最大の特徴であり、他に類を見ない症状は、なんといっても「幻視」だ。

患者によってモノクロであったりカラーであったりとその見え方はさまざまではあるが、共通しているのは「ありありと」「まざまざと」「はっきりとした」幻覚が見えるという事実である。

たとえば、朝、目覚めて目を開けたとたん、部屋の中に十人もの人間たちが無表情のまま黙って立っていて、自分をじっと穴のあくほどに見つめていたりする。あるいはダイニングテーブルの上に、大蛇がのっそりと、とぐろを巻いていたりする。

一日中どこへ行っても、お下げ髪の少女がずっと後ろを付いてきたりすることもある。

およそ非現実的な幻視も珍しくはない。

すたすたと眼前を横切る、二足歩行の豚。

皿の上を優雅に飛び跳ねる妖精。

そして、祖父も見た、青い虎――

奇妙なことに多くの場合、それらに幻聴は伴わない。

〝幻視の中で蠢《うごめ》くものたち〟はあくまで視覚的なまぼろしに過ぎず、彼らが患者に話し掛けてくることはないのだ。

だが五感のうち、人間が外部から受け取る情報は、視覚が実に九割を占めるという。

つまりは大半のＤＬＢ患者にとって〝蠢くものたち〟は、明確に実在するのだ。

患者たちがいちばん使いたい諺《ことわざ》は「百聞は一見にしかず」かもしれない。

なにしろ目の前にそれがありありと見えるのだ。

その存在をいくら周囲が否定しようとしても、それが「ない」「いない」と納得させるのは至難のわざではないか。

それでも「そんなものはここにない」「いるわけがない」「しっかりしてよ」と周囲がむやみに注意すると、ときに患者は怒り出す。

「ＤＬＢの介護は難しい」とされるゆえんである。

楓が介護のためのハンドブックを読んでみると、このようなことが書かれてあった。

「患者さんが『おおきな虫が見えるよ』『こわいよ』などと幻視を訴えてきたときには、『気のせいだよ』などと否定したり、『病気なんだから困らせないで』などと突き放したりせずに、手を叩いたりして『ほら、これでいなくなったでしょう。もう大丈夫だよ』などと、優しく声をかけてあげましょう。ほかのことに話題をそらすのも効果的です」――

そういうものなのだろう、とは思う。

それに、楓に対して怒ったことがいちどもない祖父と揉《も》めるような事態だけは、やはりどうしても避けたかった。

だからこそ楓は、祖父の病気について深く語ることを避けてきたし、祖父が語る幻視についても、本人の前ではその実在を否定することを一貫して避け続けてきたのだった。

どだい、患者を相手に認知症だと自覚させるのは不可能に近いことだろうし、もしそれができたとしても、残酷に過ぎるように思うのだ。

でも、とも思う。

楓は自分のそうした認識や振る舞いに、割り切れるはずの割り算でなぜか剰余が出てきてしまうような奇妙な違和感を覚えていた。

それは、あの祖父が認知症になるはずがない、あるいはこのまま知性を失っていくはずがないというような現実逃避的な思い——もっといえば願望めいた思いというのとも、少し色合いが違っているような気がした。

（そう。なにかが違う——）

でも、その違和感の正体が何なのか。

今の楓には、なんら具体的に説明することができなかった。

3

弘明寺《ぐみょうじ》の駅からバスに揺られること十五分。

ワンルーム・マンションの自室に帰ると、本が届いていた。

こよなくミステリを愛した文芸評論家、瀬戸川猛資《せとがわたけし》氏の評論集だ。

奥付を見ると、「一九九八年四月一日　初版第一刷発行」とある。

楓の記憶に間違いがなければ、ほどなく瀬戸川氏は五十歳の若さで世を去ったはずだ。

つまりこの本は、とりもなおさず瀬戸川氏の遺作ということになる。

幼い頃から祖父の薫陶《くんとう》を受け、すっかりミステリマニアとなっていた楓は、もはや小説だけでは飽き足らなくなり、祖父の書棚にあった瀬戸川氏の評論集まで読むようになった。

すると――驚くというよりも呆《あき》れてしまった。

氏はさまざまな作品を俎上《そじよう》に載せ、独自の視点から天衣無縫にその魅力を語っているのだが、そのコラムはときとして——いや、ほとんど例外なく、本編よりも面白いのだ。

たとえば『名作巡礼』という連作コラムでは、本格ミステリ御三家、エラリー・クイーン、アガサ・クリスティ、ディクスン・カーらの代表作を槍玉《やりだま》に挙げ「そんなに傑作ですか?」などと徹底的にこきおろしており、それらは本編以上に論理的でスリリングであり、非の打ちどころのない正論でもあるのだが——瀬戸川氏本人は知ってか知らずか、彼らへの溢《あふ》れんばかりの愛情が行間に滲《にじ》み出てしまっていて、読むたびにほっこりさせられてしまう。

楓を海外のクラシカルなミステリ好きにさせた〝神〟——

(せとがわ、たけし)

そっと心の中でつぶやくだけで、楓の胸は躍った。

一九七〇年前後——若き日の瀬戸川氏は、幾多のミステリ作家や評論家を輩出した伝説の大学サークル、「ワセダミステリクラブ」の中心人物だったという。

かつて西早稲田《にしわせだ》には「モンシェリ」という喫茶店があり、そこでは連日のように「ワセダミステリクラブ」の学生たちが口角泡を飛ばしつつミステリ談義を繰り広げていて、その輪の中心にはいつも眉毛が太く目鼻立ちのくっきりとした瀬戸川氏の笑顔があったらしい。

そして祖父もまた、「ワセダ――」の主要メンバーのひとりだったのだそうだ。

本格ミステリには、珈琲《コーヒー》がよく似合う。

赤地にサイケデリックな白文字で『珈琲専門 モンシェリ』と抜かれた縦長の看板は、まるで〝ミステリ専門家〟以外の客をシャットアウトするような感があったという。

底が見えない謎のような泡が渦を巻く、濃厚かつビターな珈琲。

ルルーの『黄色い部屋の秘密』を彷彿《ほうふつ》とさせる、タイル張りの黄色い外壁。

二階の小劇場から響く劇団員たちの靴音は、さしずめチェスタトンの『奇妙な足音』か、はたまた乱歩《らんぽ》の『屋根裏の散歩者』か。

モンシェリがない今となっては、想像の羽を伸ばすほかはない。

だが、瀬戸川氏や祖父を語り手としていたその店はきっと、コミック界におけるトキワ荘、あるいは水滸伝《すいこでん》における梁山泊《りょうざんぱく》のような熱量と光芒《こうぼう》を放っていたのではないだろうか。

（ふたりの本格ミステリ談義……聴きたかったたな）

もはや店が存在しないがゆえに、楓の夢想は余計に大きく膨らむのだった。

残念ながらモンシェリは、もはやない。

だが——本ならば、ある。

大好きな本は、やはり手元に置いておきたくなる。

ましてや祖父の家の本は、半透明のグラシン紙のブックカバーで丁寧に保存されていて、どのページにも折り目ひとつ付いていないものだから、借りるとなるとどうにも気が引けてしまう。

そんなわけで楓は、瀬戸川氏の評論集のすべてを大人買いすることに決めたのだった。

(良かった、まるで新刊だ。帯まで付いてる)

楓は、本の状態を見て嬉《うれ》しくなった。

本音をいえば、新刊で揃《そろ》えたいところだ。

だが、この遺作はすでに絶版となっていたため、やむなく中古専門のネット書店で買い求めたのだった。

これで著作の全冊が揃ったことになる。

(こういうのをコンプリートする二十七歳の女ってどうなんだろ)

自然と笑みがほころぶのを自覚しながら、立ったままぱらぱらとページをめくってみる。
そのとき――
本の間から四枚の小さな紙が、銀杏《いちょう》の葉のようにカーペットの上へ舞い落ちた。
（ん。なんだろう）
楓は、慎重に四枚の紙を拾い上げ、テーブルに並べてみた。
そして、それら大小さまざまな長方形の紙を、じっと見つめたまま考え込んだ。
（栞《しおり》にしては多すぎる）
（だけど）
（付箋にしては〝重すぎる〟――）
四枚の紙は、雑誌や新聞の切り抜き記事だった。
そしてそのどれもが、瀬戸川氏の逝去を伝える訃報記事だったのである。

4

祝日を利用して三日ぶりに目黒《めぐろ》区の碑文谷に足を運ぶ。
地元の御《ご》鎮守《ちんじゅ》様である碑文谷八幡宮《はちまんぐう》にほど近い住宅街――

その隅にひっそりと佇《たたず》む祖父の家は、寂れかけた小さな二階建ての木造住宅だ。

申し訳程度の庭からは、桜や八つ手が塀の外まで枝葉を伸ばしている。

門柱の木の表札には、墨痕も鮮やかに祖父の苗字《みようじ》がどん、と書かれてあった。

昔から見慣れた祖父の字だ。

表札は家の顔だという。

外観にいくらかでも風格があり、いまだ凛《りん》とした存在感を纏《まと》っているのは、表札の文字が達筆であるおかげかもしれなかった。

だが門から中に入ると、そうした趣きはいきなり興を削がれる感じがあった。

かつては玄関までの目印のように丸石がぽつぽつと敷かれてあったのだが、祖父が認知症を患って以来、そこは無味乾燥たるコンクリートの小径《こみち》となっていた。

リフォームが後回しになっている玄関ドアのノブを廻すと、すぐに抗菌剤の疑似石鹼の香りが鼻をつく。

ヘルパーさんですか――楓はそう声を掛けようとして、すぐにやめた。

玄関先にそれらしき靴が見当たらなかったからだ。

訪問介護ヘルパーは掃除と洗濯を終えて、今しがた帰ったばかりなのだろう。

廊下の壁のそこかしこには、まだ新しい手摺《てす》りがいくつも取り付けられていた。

足取りがおぼつかない祖父にとって、家の中を移動するには複数の手摺りが必須となる。

こうした福祉用具を購入する際、補助金を申請しようとすると、自治体によって差異はあるものの、かなり煩雑な手続きと膨大な時間を要する場合が多い。

そのため結局は祖父のように、自費でその多くを賄《まかな》わざるを得ないのが実情だった。

廊下の左手にある居間に入る。

ふと、まだかろうじて艶を残す大黒柱を見ると、鉛筆で横線が何本も引かれてある。

それは、幼い頃の母や、たったひとりの孫である楓の背を測った痕だった。

横線の脇に書かれてある身長の数字や日付の文字はほとんど消えかかってはいるものの、これまた祖父の達筆ぶりが窺《うかが》える。

だが、その文字にめり込むように手摺りの芯棒が突き刺さっているのを見ると、胸が痛む。

窓辺を見やると、白いTシャツが部屋干しで何枚か吊《つ》るされているのに気が付いた。

(やだ。ヘルパーさん、うっかりしたのね)

DLB患者がいる場合、なるべく服の部屋干しはしないほうがいい。干された服を人と勘違いしてしまうからだ。

とくに白いTシャツの場合、DLB患者は往々にして、その〝白いキャンバス〟に強烈な幻視を重ねてしまうことがあるのだ。

同様の理由から人物画や家族写真なども患者の目には触れさせないほうがいいと聞き、卓上に並んでいた写真立てを箪笥《たんす》の奥かどこかに、急ぎ仕舞い込んだこともある。

慌ててハンガーからTシャツを外そうとしたとき――

背後から、比較的しっかりとした祖父の声がした。

「すまんね、それは香苗《かなえ》が干していったんだ。まだ汚れが落ち切ってなかったかな」

居間に現れた祖父は、コーヒーカップを持ったまま、ゆっくりとベッドに腰を下ろした。

二階にある寝室はすでに物置と化していたから、祖父の行動範囲は、もっぱらベッドが置かれているこの居間と、いちばん奥まったところに位置する書斎に限られている。

だが今日の足取りをみると、前回来たときよりもすこぶる調子が良さそうだ。日によって体調に大きなばらつきがあるのもDLBの大きな特徴だ。

「ううん、皺を伸ばしていただけよ」と取り繕いながら、Tシャツを取り込むのは諦めた。

「ヘルパーさんじゃなくてお母さんが来てたのね」

「仕事が残っている様子でね、慌てて帰っていったよ。残念ながら入れ違いだな」

内心、楓はほっとした。

そのほうがいい――

少なくとも、あの疑問をぶつける今日だけは。

そもそも最近では、これほど体調が良さそうな祖父を見るのは珍しい。

やはり今日はチャンスだ。

「香苗が淹《い》れたコーヒーは冷めても旨《うま》いんだよ」

祖父は笑みをたたえたまま臀部《でんぶ》をゆっくりとずらして座り直した。

そして、少しだけ震える手でコーヒーを啜《すす》ってから口を開いた。

「今日はコーヒーがこぼれるおそれはなさそうだ。自分でいうのもなんだが、相当に調子がいいのだろうね。そこであえて確かめたい。これはもう勘としかいいようがないんだが」

祖父はコーヒーにまたひとつ口をつけてから、楓の顔をまっすぐに見据えた。

「ぼくに大事な話があるんだろう。その顔をみれば分かる」

楓は、少しだけ泣きそうになった。

た。


〝ぼく〟という、祖父ならではの一人称。

冴《さ》え冴《ざ》えとした、黒目がちの優しい眼差《まなざ》し。

まるで、あの頃の祖父が帰ってきたようだった。

傾眠状態にないせいか、滑舌もしっかりしている。

思えばこの半年間、体調を気遣うあまり、真剣な会話はほとんど交わしていなかった。

やはり確かめるのは今しかない。

楓は勇気を振り絞り、「そうなの、実はね」と口火を切った。

「わたし、おじいちゃんに訊《き》きたいことがあるんだ」

「なんだい」

「おじいちゃんさ」

泣きそうになるのを懸命に我慢する。

「おじいちゃんさ……自分で自分が病気だってこと、分かってるんじゃないの？　現実じゃなくていつもまぼろしを見てるってこと、自覚しているんじゃないの？」

だめだ。

声が震えてしまう。

「でも、わたしに心配かけたくないから」

涙が出てきた。

絶対に泣かないって決めてたのに。

「わたしに心配かけたくないから、自覚してないふりをしてるんじゃないの？」

祖父は柔らかい笑みをたたえたまま、またひと口、コーヒーを啜った。

そして、カップを慎重な手付きでゆっくりとベッド横のダイニングテーブルに置いた。

「そう、楓のいうとおりだ。ぼくはまぎれもなく、レビー小体型認知症の患者だよ」

やはり直感は当たっていた。

祖父の黒い瞳とその中の虹彩《こうさい》は硝子《ガラス》細工のように細やかであり、吸い込まれそうな深遠さに満ちていた。

そう──そこには、昔となんら変わらない知性の光が宿っていたのだ。

そしてそれこそが、楓本人も気付いていなかった、あの違和感の正体だったのである。

この二日間、DLBのことをさらに詳しく調べてみると、さまざまなことが分かった。

同じDLB患者の人たちの間でも、レビー小体の現れる部位によって、記憶力や空間認知機能の減衰《げんすい》には大きな差異が見られるということ。

幻視を常に怖がっている患者もいれば、あっさりと慣れてしまう患者もいるらしいこと。

患者によってその症状には濃淡があり、まさに千差万別なのだという。

ドーパ剤をはじめとする各種の薬剤のバランスが絶妙に働いたときには、まるで「霧が晴れたように」幻視が消え去ってしまうというケースも多いらしい。

実際に体調次第では、まるで知性の衰えを感じさせないことも往々にしてあるという。

なにより楓をいちばん驚かせたのは「自分が見ている映像は現実のものではなく病気の産物だ」ということをはっきりと自覚している患者もあまた存在する——という事実だった。

中には、毎朝目覚めるたびに現れる幻視を楽しみにしており、あとでそのスケッチを描くことを趣味にしているという極めてポジティブな人たちもいるという。

まだDLBには科学的知見が出揃っておらず、それゆえに誤解も生じやすい。医療の現場においても、患者の強烈な幻視体験を表層的に捉えただけで「認知症の進行だ」と速断してしまう医師も決して少なくないというのだ。

DLBの発症は、必ずしも知性の減衰を意味しない。

楓はこの事実を知ったとき、あの妙な違和感が、まさに「霧が晴れたように」消え去ったような気がしたのだった。

こういったパーキンソン症状は別として、と祖父はわずかに震える手を見ていった。

「ぼくの精神状態が、いわゆる健常者とは程遠い状態にあることには、だいぶ前から気が付いていた。そうだな――たとえばそこの書棚の壁をふと見ると、その一面に、まるで腕のいい宮大工が神輿《みこし》に彫ったかのような細かい彫刻が施されているんだ。だが触ってみると、彫られている感触はまるでない。壁は極めて滑らかなんだ。では、視覚と触覚、どちらを信用すべきか。ぼくに気付かれることなくひと晩で精巧な彫刻を書棚の壁全体に施すのは、とうてい不可能じゃないか。加えて世の中の誰にも、わざわざ年寄りの部屋に忍び込み、その書棚に彫刻を施す動機はまるでない。ということは――残念ながら信用すべきは触覚だということになる。裏を返せばぼくの視覚は、まるで信用ならんというわけだ」

楓は返す言葉もないまま、祖父の告白を聞くばかりだ。

「では、この異変の原因はなんなのか。パソコンは壊れていて使えない。スマートフォンで検索しようと思ったが、このとおり手元がまるでおぼつかない。というよりも〝楓の亡骸《なきがら》〟を見て119番通報してしまって以来、香苗にスマートフォンを没収されているから、そもそも検索のしようがない」

祖父はいたずらっぽく、形のいい唇を尖《とが》らせた。

「そこでヘルパーさんに頼み込んで介護タクシーを呼んでもらい、図書館に行って調べてみた。なにしろ字を追うだけですぐに目はかすむわ眠くなるわで、一日がかりの作業にはなったが……ぼくがどんな病気なのかという確信は持てたよ。そういえばほら、〝灰色の脳細胞〟という言葉があるだろう」

祖父はベルギー人の名探偵、エルキュール・ポワロの口癖を引用して自嘲気味に微《ほほ》笑《え》んだ。

「するとぼくの場合は濃いオレンジ色のレビー小体が脳の表面に広がっているわけだから、さしずめ〝緋色《ひいろ》の脳細胞〟の持ち主、というわけだ」

じゃあ、と楓は尋ねた。

少し声がかすれているのが自分でも分かる。

「どうしてわたしに幻視の話をわざわざ何度も聞かせてみせたの？」

「それはだね」

少しだけ祖父は、言い淀んだ。

「ぼくが幻視の話をしているときはとくに、楓の表情がくるくると変わるからだ。驚いた顔を見せてくれたり、笑顔を見せたりしてくれるからだ。なにより、声を出して相槌を打ってくれるからだ。そうするとぼくは、楓の実在を確信を持って感じ取れるんだ」

「え……どういうこと？　わたしはいつだって、おじいちゃんのそばにいるよ」

「では、こういえば分かってくれるかな。ぼくは以前、楓に向かって、正直あまり長くはないであろうぼくの今後の——なんというのだろうね——いわゆる〝終活〟という言葉は耳に馴染《なじ》むわりに無神経で好きじゃないから使わないとするならば、ぼくの今後の身の処し方について、とことん本音を語ったことがあったのだよ。そのときは自分でも体調が完璧に近いとうぬぼれていた。伝えるなら今しかないとさえ思っていたのだよ。それでそう……一時間ほどはたっぷりと話したかな。ところがだ。なぜか無言で、しかもずっと無表情のまま話を聞いていた楓は」

祖父は、一度言葉を切ってから視線を落とした。

「とつぜんふっと、ぼくの前から消えてしまった。その楓は幻視だったんだ」

あるいは〝煎り〟が入りすぎたコーヒーのせいかもしれない。

祖父の顔に一瞬だけ、苦みのような色が走った。

「こんなに惨めで哀《かな》しいことはないじゃないか。以来ぼくは、楓のほうから切り出すまで、病気の話はけしてすまいと心に決めたのだ。たとえ、まともな会話がまるで成立しない認知症の老人だと決めつけられたとしても仕方ない——そう思ったのだ」

(おじいちゃん)

もういちど、心の中でつぶやいてみる。

(おじいちゃん)

ひとりきりの孫娘に、自身の最期の身の振り方の話ができなかった——いや、あえてしなくなった祖父。

その苦悩に、どうしてもっと早く気付いてあげられなかったのだろう。

幻視は確実に見る。

それも、頻繁に。

記憶障害も含め、ときにさまざまな意識障害にも襲われる。

パーキンソン症状により、動作は極めて鈍い。

だが――祖父の基本的な知性には、いささかの衰えもなかったのだ。

5

近所のミッション系の幼稚園の降園時刻なのだろう。

家の前を通り過ぎる子供たちの童謡らしき歌声が聞こえてきた。

調子っぱずれなところが逆に可愛《かわい》い。

祖父の頬も自然と緩んでいた。

秋の日は釣瓶《つるべ》落とし――

とはいえ日が暮れるまでは、まだ時間の猶予がありそうだった。

「実はね。おじいちゃんに見てもらいたいものがあるの」

楓は黒いバッグから、瀬戸川氏の評論集を取り出した。

もし祖父がいつものように椅子で眠っていれば、持参した洗い立てのブランケットを体に掛け、その横でゆっくりと読んで帰るつもりだった。

だが。

今の祖父ならば、あるいは――

祖父は、ガウンのポケットから取り出した縁なしの老眼鏡を高い鼻にかけ、それでもいくぶん本を手元から離しつつ、感慨深げにいった。

「瀬戸川先輩の遺作じゃないか。わざわざ買わずともぼくがあげたものを」

(貰《もら》えないわ。そんなに大切にされてる幸せな本を)

楓は内心で、くすりと笑った。

「確か絶版になっていたはずだが、よく手に入れたものだね」

「今は中古本専門のネット書店があって、かなりの稀覯本《きこうぼん》でも意外と簡単に買えたりするのよ。それでね――実は本の中に、こんなものが挟み込まれていたの」

楓は本を開き、改めて四枚の訃報記事をテーブルの上に取り出してみせた。

『ミステリや映画評論で活躍　瀬戸川さん逝く』

『瀬戸川さん逝去 惜しまれる才能』

『多層的な批評の時代　瀬戸川さんが遺《のこ》したもの』

『瀬戸川氏語った　ミステリと映画の幸せな逢瀬《おうせ》』

「うん。当時、全部目を通したよ」

それらの見出しをちらりと見やっただけで、祖父はぽつりと寂し気にいった。

「他に二社が記事を出したかな。もちろんぼくはすべてスクラップしてあるがね」

「そうなのね」

楓は改めて、祖父の記憶力に舌を巻く。

病気のせいでごく最近の出来事の記憶はすっぽりと抜け落ちたりするが、昔のことなると、その引き出しが自在に開くのかもしれなかった。

「でね、おじいちゃん——問題はここからなんだ。これってありそうでなかなかない、いわゆる〝日常の中のミステリ〟だな、と思うの」

なるほど、と祖父は頷《うなず》いた。

「つまり、ミステリのテーマはこうだな。『いったいどこの誰がなんの目的で、この四枚の訃報記事を本の間に挟み込んだのか』というわけだ」

「そのとおり。だいたいまず、栞にしては多すぎるでしょ。でも付箋にしては訃報記事って、なんだか空気が重すぎると思わない？」

「まるでハリイ・ケメルマンだな」

祖父は眼鏡を外しながら昔のミステリ作家の名前を口にした。

ケメルマンの代表作『九マイルは遠すぎる』は、パブの隣客たちの会話の中で飛び出した「九マイルもの道を歩くのは容易じゃない、まして雨の中となるとなおさらだ」というたったひとことのセリフから、前日に起きた殺人事件の全容を一瀉千里《いっしゃせんり》に解明してしまう、とことん論理性のみにこだわった名作ミステリだ。

そのとき――唐突に、祖父がせがんだ。

「楓。煙草《たばこ》を一本くれないか」

七五調の語呂の良さもあってか、その言葉はどこか呪文のような響きを伴っていた。

楓は書斎の鏡台の引き出しから、青い煙草の箱を持ってきた。

フランスの煙草、ゴロワーズ。

さして高価な煙草ではないが、かといって、どこでも手に入る代物でもない。

楓が神保町の古本屋街を巡る際、知る人ぞ知る小さな雑貨屋で買い求めるのが常だった。

「火を点《つ》けてくれるとありがたい。そう、それでいい。手が震えるのでね。ひとりでいるときは呑《の》まないようにしているんだ」

祖父は、煙草を「吸う」とはいわず「呑む」という。

今のような嫌煙社会ではなく、煙草が酒と同じように当たり前の嗜好品《しこうひん》として認知されていた頃の名残りなのだろう。

若い頃から煙草は週に数本を嗜《たしな》む程度であり、最近も呑むのはごく稀《まれ》のことだ。

それだけに楓としても、これくらいの愉《たの》しみは残しておいてあげよう、と思う。

祖父は煙草を呑むと、しばし陶然とした表情を浮かべた。

楓はゴロワーズの香りが嫌いではなかったが、干したままになっているTシャツに匂いがつくのを恐れ、少しだけ窓を開ける。

祖父はゆっくりと紫煙をくゆらせながら、より明瞭な口調で「さて――」といった。

まるで煙草により、その知性のブースターにスイッチが入ったかのようだった。

「楓はこの材料から、どんな物語を紡ぐかね」

楓の心臓が早鐘を打った。

祖父は昔から、仮説のことを〝物語〟と表現する。

今、本当に帰ってきた。

あの祖父が。

「わたしの考えた物語はこうよ」

楓は努めて平静を装いながら、考えに考えてきた仮説を話す。

「物語、一。『訃報記事を挟み込んだのは、本の元所有者である。彼、あるいは彼女は、自分以外の瀬戸川氏のファンにも、瀬戸川氏が亡くなった虚無感を共有したいがために、あえて記事を本の中に入れたのだ』」

祖父の様子を窺うと、我が意を得たように頷いている。

けれど――

相変わらず祖父の前で物語を話すのは緊張を強いられる。

（けれど、嬉しい）

「えっと、物語、二」

我に返って楓は続けた。

「『訃報記事を挟み込んだのは、中古本の書店関係者である。彼、あるいは彼女は、瀬戸川氏のファンだった。そこへ何十年ぶりかに、瀬戸川氏の絶版本の注文がきた。嬉しくなった彼、あるいは彼女は、見知らぬ同好の士――つまりわたし――のために、いわばプレゼントのつもりで、記事を本の中に入れたのだ』」

知的な昂奮《こうふん》のせいか、喉が渇く。

「どうかな。わたしが考えた物語は、このふたつなんだけど」

祖父は答えた。

「うむ、悪くはないね。それぞれいちおう筋が通っているし、牽強付会《けんきょうふかい》とまではいえない。だがどちらも、大きな矛盾がある」

「そっか」

楓は唇を噛んだ。

「いいかね、まず物語一の矛盾点はこうだ。訃報記事を持っているほどの瀬戸川先輩のファンが、果たして愛着のある本を売るだろうか？　ましてやこの本は、瀬戸川氏の遺作なのだ。普通の感覚の持ち主ならば、記事と一緒に自身の蔵書として大切にとっておくはずだ」

楓は首を縦に振るしかない。

「そうね。本好きの心理からすると、納得しがたいかも」

「物語二は、物語一よりも気持ちはいい。だがやはり矛盾は否めない。もしも書店関係者が善意から訃報記事を挟み込んだのならば……なぜ一筆だけでも添えなかったのだろうか？　記事を丁寧に挟み込むほどの手間をかけたのなら、『同好の士として大変嬉しく思いました。ついては勝手ながら瀬戸川氏の逝去を伝えた記事を追悼の意を込めてプレゼントさせていただきます』くらいのことは書いてもいいじゃないか。なぜ、彼、あるいは彼女は、それほどのわずかばかりの労を惜しんだのだろうか？　要するに」

祖父は、ずばりといった。

「物語一も物語二も、ストーリーが根本的に破綻《はたん》していることだ。これ以外の物語Xが存在するのだ」

「じゃあ」

かすれた声で楓は尋ねた。

「おじいちゃんは、その物語Xを紡ぐことができるっていうの？」

祖父はなにも答えず、短くなったゴロワーズを惜しむかのように親指と人差し指でなんとかつまみながら、最後の煙をふかした。

その目は、ゆっくりと——しかし、確実に細くなっていく。

楓は、寝てしまうのではないか、と心配になる。

だが、それは杞憂《きゆう》だった。

祖父ははっきりと目を開け、「今、〝絵〟が見えたよ」——といった。

「残念ながら、本の元所有者である男性は、すでに亡くなっているね」

「えっ」

「だってほら、見てみなさい。すぐそこに安らかな顔つきの男性がいるじゃないか」

幻視だ。

だがこの幻視は、明確な論理性に基づいている――

直感的にそんな気がした。

「物語Xのストーリーはこうだ。彼は生前、大好きな瀬戸川猛資氏の訃報記事を、哀惜の念を込め、大切にしている本の中に挟み込んでいたのだ。ところが――彼の死後、彼の奥さんが、それほどの宝物だとはつゆ知らず、遺品整理の一環として、さまざまな本と一緒にまとめて中古本の書店に売ったのだよ」

（真相だわ――）

そう思わざるを得ない。

これぞ破綻がまるでなく、すっと腑《ふ》に落ちる、完璧な「物語」ではないか。

でも、と楓は食い下がった。

「どうして元所有者が男性だって分かるの？　女性ってケースだってあり得るじゃない」

ないね、と祖父はあっさりといってのけた。

「配偶者が亡くなったとき、哀しみを抑えつつも冷静な行動がとれるのは女性のほうだ。男なんてまるでだめだよ。実際、ぼくなんかも」

祖父は視線を落とした。

「妻に先立たれたとき、なにもすることができなかったからね」

楓の脳裏に一瞬、亡き祖母のふんわりとした顔立ちの面影がよぎる。

しばらくの間、沈黙が続いた。

するととつぜん祖父は、紫煙の中をじっと凝視しながら、はしゃいだように話し始めた。

「あはは。今そこで――モンシェリのテーブル席で、本の元所有者は憧れの瀬戸川猛資氏と話し込んでいるよ。今夜はとことんミステリ談義に付き合わせるつもりらしい」

また幻視だ。

だが――このいっぷう変わった幻視は、いったいなんなのだ。

楓は息を呑んだ。

「なにもかもが昔と一緒だ。珈琲の香りが沁《し》みた杉の木造りの壁に、また新たな謎の息吹が沁み込もうとしている。カウンター席では暇を持て余した店主が学生相手に本気で将棋を指している。おや、とつぜんバイトくんが慌てて立ち上がったぞ。どういうことだろう」

一瞬だけ真顔になった祖父は、すぐにまた相好を崩した。

「やぁ、これは慌てるのも無理はない。こんどはクイーンとクリスティのお出ましだ。おやおやいつの間にか、カーも談義に加わっているじゃないか。本格ミステリ御三家が揃い踏みのお茶会だ。いや、クイーンは合作作家だから四天王と呼ぶべきかな。クリスティが厨房《ちゅうぼう》を借りてデヴォン州伝統、ご自慢の紅茶を淹れ始めたぞ。瀬戸川先輩たちも大喜びだ。カーはカーで、われ関せずとばかりに真顔でお茶のポットを穴があくほど見詰めている――なにやら新しい毒殺トリックを思いついたに違いない。いやはや、みんな実に楽しそうだ」

（なんなの）
（これはなんなの、おじいちゃん）
物語の幸福な結末を希求する、祖父の無意識下の優しさのなせるわざなのだろうか。
楓の目に、また涙があふれ出た。
だが今度は、かすかな笑みを伴うような温かい涙だった。
（おじいちゃんが今見てる光景は、間違いなく〝事実〟だわ）
まるで根拠はないのに、そんな気がした。

そのとき——
煙草が水をたたえた灰皿に落ち、じゅっと音を立てた。
窓の隙間から、優しい秋の風が吹き込んでくる。
取り込みはぐれたTシャツが、風に揺れた。
祖父はTシャツに向かって何度も頭を下げた。
「どうもどうも、今度は敬老会の皆さんですか。大勢でわざわざおいでくださって」

ゴロワーズの火が、かき消えるのと同時に――
祖父はまた、恍惚《こうこつ》の人に戻っていた。

知識と薬は使いよう

塔山郁

塔山 郁 （とうやま・かおる）

1962年、千葉県生まれ。第7回『このミステリーがすごい！』大賞・優秀賞を受賞し、『毒殺魔の教室』にて2009年デビュー。他の著書に『悪霊の棲む部屋』『ターニング・ポイント』『人喰いの家』『F　霊能捜査官・橘川七海』「薬剤師・毒島花織の名推理」シリーズ、『「舌」は口ほどにものを言う　漢方薬局てんぐさ堂の事件簿』（すべて宝島社文庫）がある。

1

神楽坂《かぐらざか》の〈赤城屋《あかぎや》〉は馬場《ばば》さん行きつけの居酒屋だ。

バツ二で独身の馬場さんは週に三度はこの店に通っている。メニューが豊富で、価格が安く、席が座敷というのがお気に入りの理由のようだ。

「それで水尾《みずお》くん、どうなんだい。その後に花織《かおり》ちゃんと進展はあったのかい」

徳利《とっくり》と猪口《ちょこ》を両手にもった馬場さんが、にこにこしながら爽太《そうた》の隣に腰掛ける。

今日はフロントスタッフの新年会だった。直前まで若い女性スタッフと喋《しゃべ》っていた馬場さんは上機嫌に笑いながら、肘をぐりぐりと爽太の脇腹に押し当てる。

「期待しているようなことは何もないですよ。最後に会ったのはずいぶん前です」

爽太は焼き鳥を齧《かじ》りながら返事をした。平静を装ってはいるが、その心中は穏やかではない。自分だって毒島《ぶすじま》さんとしか呼んだことがないのに、どうして馬場さんが気安く花織ちゃんなどと呼べるのか。

「もっと気合いを入れて頑張れよ。クリスマスや正月にデートに誘えばよかったろうに。もたもたしているとどこかの誰かに盗《と》られちゃうぞ」

爽太の苛立《いらだ》ちに気がつくことなく、馬場さんは笑いながら煽《あお》るようなことを言う。

「クリスマスも正月もずっと仕事でした。笠井《かさい》さんが休んで大変だったことは馬場さんだって知っているはずですよ」

笠井さんは三十代後半の先輩フロントスタッフだ。クリスマス直前にA型インフルエンザにかかって休んだと思ったら、復帰直後に今度はB型インフルエンザに罹患《りかん》した。小さな子供が二人いて、保育園でそれぞれ別に病気をもらってきたらしい。

「ああ、そうか。災難だったよな。それならデートに誘うのはこれからか。気合いを入れて頑張れよ。なんだったら俺が応援してやるからさ」

ぐふふ、と笑いながら馬場さんが立ち上がる。ちょっとトイレ、と歩いていくと、入れ替わるように笠井さんがやつれた顔でやってきた。

「年末と正月は僕のせいで仕事に出てもらって悪かったね」と謝ってくる。

「仕方ないです。気にしないでいいですよ。それより体はもう平気なんですか」

「一応ね。でも参ったよ。続けて二回だろう。体重が五キロ落ちた。もっとも、治ってからドカ食いしたら元に戻ったけどさ」

インフルエンザにかかるとどれほど苦しいかという話をしているところに馬場さんが戻ってきた。

「馬場さんにも迷惑をおかけしました。今後はお二人の有休取得に協力しますので、休みたいときがあれば言ってください。休日返上で頑張りますから」

畳に膝をついて頭を下げる笠井さんに、「いやいや、俺は関係ないからさ」と馬場さんは手をひらひらさせる。

「独り身の気楽さでクリスマスも正月も最初からシフトに入っていたからな。可哀想《かわいそう》なのは彼の方だよ。せっかくのデートの予定がキャンセルになったらしい」

「なんだ、そんな予定があったのか。悪かったな。次のデートのときに仕事と重なったら言ってくれ。俺が代わりに入るから」

笠井さんに真面目な顔で言われて、慌てたのは爽太の方だった。

「デートの予定なんかありません。馬場さんが適当に言ってるだけですから気にしないでください」

クリスマスイブに毒島さんを食事に誘おうと思っていたのは事実だが、結局連絡できずに予定は空いたままだった。だから笠井さんの代わりにシフトに入れないかと支配人に訊かれたとき、がっかりした気持ちと同時に、ほっとした気持ちにもなった。仕事ならば仕方ない、と毒島さんを誘えなかった言い訳にしたのだ。

「とにかく迷惑をかけたのは事実だから、何かあったら遠慮なく言ってくれ。俺にできることなら何でもするからさ」

笠井さんは爽太の肩を叩《たた》いて、「じゃあ、他の人にも謝ってくるから」と立ち上がる。

「夜勤明けで誘えるときもあっただろうに、そのときは誘わなかったのか」

二人になると馬場さんがまた訊いてくる。

「正月休み、毒島さんは実家に帰っていたんです。大学卒業以来だから、暮れから正月明けまでずっと向こうにいたようです」

そのへんの事情を知っている馬場さんは、ああ、そうか、と納得したように頷《うなず》いた。

「じゃあ次はいつ誘うつもりなんだ」

「まだ決めていません」

「なんだ。だらしないな。もっと積極的に行けよ」

そんなやりとりをしている最中、

「楽しそうですね。何の話をしているんですか」といきなり女性の声がして驚いた。

振り返ると去年の四月に入社した原木《はらき》くるみがいた。小柄で、本人はショートボブだと言っているが、おかっぱと言うほうがしっくりくるような髪形のくるみは、一見大人しい中学生にしか見えないが、性格は好奇心旺盛で、誰の話にも平気で首を突っ込んでくる。

「いや、パートナーを探すための方法について話をしていたんだよ」馬場さんがしれっとした顔で言う。

「パートナーって水尾さんのですか」黒目がちの瞳が爽太の顔をじっと見る。

「いや、それは」と言いかけた爽太を、「違う、違う。俺のだよ」と馬場さんが笑いながら遮った。

「えー、本気ですか。バツ二なのに、まだ結婚したいんですか」くるみはストレートな言葉を投げつける。

「人間いくつになってもパートナーは必要なんだ。年をとればとるほど、独り身の寂しさが身に染みるものなのさ」薄くなった頭に手をやりながら馬場さんが笑う。

「ああ、そうか。将来介護をしてくれるパートナーが必要ということですか」

父親よりも年上かもしれない先輩社員に向かって、ずけずけと物を言えるくるみの性格がうらやましい。

「そうそう、お前百まで、わしゃ九十九まで、ともにおむつを穿《は》く日まで――って、こら、誰が独居老人だよ。俺はまだナイスミドルと呼ばれて然《しか》るべき年齢だぞ」

「ナイスミドルって、髪がない中年男性って意味ですか」

「言ってくれるね。くるみちゃん。人のことを言うなら自分はどうなんだ。休みの日にデートをするようなパートナーはいるのかい」

「その質問はセクハラです」

「はいはい。そう返されると思ったよ。もう何も訊かないから許してくれ」

「すねないでください。馬場さんの気持ちはわかりますから。いくつになっても独り身は寂しいものですよね」

「気持ちがわかるということは、さてはくるみちゃんも独り身か。よし、独り者同士、今度の休みはディズニーシーに行くか」

「それは謹んでお断りします。馬場さんと一緒に歩いても、お祖父《じい》ちゃん孝行している孫娘にしか見えないと思いますし」

二人の会話はテンポが速い。加わる間もない爽太がビールのグラスを取り上げたところに笠井さんが戻ってきた。

「楽しそうですね。何の話をしているんですか」

「老人介護に関する話です」

日本酒を飲んでる馬場さんに代わって、くるみが笑いながら返事をする。

「馬場さんにしては真面目な話をしているんですね」

「最近心を入れ替えたんだ。今年は清く正しく生きていこうと思ってる」

しれっと答える馬場さんに、本当ですか、と笠井さんが目をまるくする。

「でも、それならよかった。実は馬場さんに相談したいことがあるんです」

「酒かギャンブルのことならいくらでも相談に乗るぞ。しかし金はダメだ。お前に貸すほど余裕はない」

「いえ、そうじゃなくて健康上の相談です」

健康上の相談と聞いて、爽太は思わず吹き出した。馬場さんにそんな相談をするのは、泥棒に防犯の相談をするのと同じだ。しかし笠井さんは真面目な顔で、

「先週もらった健康診断の結果はどうでした？　馬場さん、前回は血糖値がかなり高かったですよね。今回は改善しましたか」

会社の定期健康診断は毎年十二月に行われている。先週、その結果が各人に配付された。爽太やくるみのような若手社員はほとんど気にしていないが、馬場さんをはじめとする中高年の社員は、それぞれ問題を抱えて、悩んでいるようだ。

「血糖値も中性脂肪値も正常の数値だよ」

馬場さんは平然と言いながら、右手にもった徳利を左手の猪口に傾けた。

「本当ですか」と笠井さんが目をまるくする。

「前回はE判定だったじゃないですか。血糖値が高すぎるので、病院で再検査を受けるようにって、支配人にも直接注意されていましたよね」

健康増進法の関係で、ホテルの責任者である支配人は、各部署のスタッフの健康診断の結果をすべてチェックして、数値が悪い人間に対しては再検査を受けるように個別に注意をしていた。馬場さんは前々回、前回と引っかかって指導を受けていたが、結局は再検査を受けないままやりすごしていたはずだった。

「お前、変なことを覚えているんだな」

馬場さんは苦笑いをしているが、笠井さんは真面目な顔を崩さない。

「俺も去年、C判定だったんですよ。馬場さんほどじゃないけれど血糖値が高くて、再検査に行けって嫁さんにうるさく言われたのを、何とか誤魔化して逃げた経緯があるんです」

今年はこれでした、と笠井さんは結果の紙を馬場さんの前に置く。近くにいた爽太とくるみものぞき込む。血糖値と中性脂肪値が高いようで、総合判定はDとなっていた。

「Dか。ヤバいな」馬場さんが何故《なぜ》か嬉《うれ》しそうに目を細める。

「まずいんですよ。嫁さんに見せたら絶対に禁酒しろって言われます。それだけは避けたいんです。嫁さんを誤魔化すいい方法はないですか」

「妻子もちは大変だな。そんなに酒を飲みたかったら、俺みたいにスパッと別れろよ。

そうすれば誰にも文句を言われることなく酒が飲める」

馬場さんはにやりと笑って猪口を持ち上げる。

「勘弁してください。子供は可愛《かわい》いし、嫁さんと別れるつもりはないです。ただ病院に行きたくないし、禁酒もしたくないんです。馬場さんならうまい言い訳を知っているんじゃないかと思って、それで訊いてみようと思ったんです」笠井さんは下を向いて頭をかいた。

「禁酒が嫌なら、結果を見せなければいいじゃないか」

「健康診断が年末にあるのは嫁さんも知っています。見せないわけにはいきません」

「誤魔化すのはよくないですよ。本当に禁酒をしたらいいじゃないですか」と横で聞いていたくるみが口を出す。「お子さん、まだ小さいんですよね。家庭を大事にしたいならお酒はほどほどにするべきだと思います」

「原木までそんなこと言うのか。おい、水尾、助けてくれよ。禁酒しないための方法や言い訳はないかな」

「健康管理は重要です。要再検査とあるなら早く病院に行ったほうがいいですよ」

爽太の言葉に、「お前ら、頼りにならないな。若いうちから守りに入りやがって」と笠井さんは肩を落とす。

「酒は俺の唯一の楽しみなんだ。やめたくない。でも病院に行けば絶対にやめろって言われる。酒がなくて、この先、どうやって生きていけばいいんだよ」

「大袈裟《おおげさ》ですね。お酒以外に健康的な楽しみを見つければいいじゃないですか」とくるみ。

「そうだ。俺を見習えよ。酒以外にも楽しみがたくさんあるぞ。競馬、競輪、パチンコ、ボートレースにオートレース。それから忘れちゃいけない麻雀《マージャン》だ。これだけたくさん趣味があれば、たとえ酒がなくても困ることはない」と馬場さんは胸を張る。

「三日にあけず飲み屋に足を運んでいるくせに、酒がなくても困らないとかよくそんなことが言えますね」笠井さんは恨めしそうに目を向ける。

「お酒を控えている気配もないのに、血糖値が改善したって話は本当なんですか」爽太は気になって訊いてみた。

「疑っているのか。それなら結果を見せてやる」

馬場さんは立ち上がると壁にかけたジャケットのポケットからくしゃくしゃになった検査結果を取り出した。四つ折りの紙を広げると、「ほら、見ろ。これが俺の血糖値だ」と水戸黄門《みとこうもん》の印籠のごとく笠井さんの目の前に突き出した。

「本当だ。正常じゃないですか」と笠井さんが声を出す。爽太とくるみも一緒に見る。

たしかに数値は基準内となっている。

「驚いたか。俺だってやるときはやるんだよ」馬場さんは誇らしげに胸を張る。

「毎晩のように飲み歩いているのに、どうしてこんな結果になるんです」笠井さんは恨めしげな声で言う。

「ただ飲み歩いているだけじゃないぞ。最近は麻雀の調子がいいからフリー雀荘《ジャンそう》で朝を迎えることもたびたびだ」と馬場さんは自慢するように言う。

夜勤の仕事を昼過ぎに終えた後、夕方までネットカフェで仮眠を取って、そのまま雀荘に行くこともあるそうだ。朝まで麻雀をした後、自宅で夕方まで寝て、次の夜勤の準備をするという。

「還暦を間近にして、どこにそんなパワーがあるんですか」と笠井さんはため息をつく。

「これくらい普通だよ。俺が若い頃はそんな生活をしている先輩はざらにいたからな」と馬場さんは懐かしそうに言う。「そんな先輩たちに鍛えられたお陰で、若い頃は賭《か》け麻雀の稼ぎが給料より多いこともあったもんだ」

地方のビジネスホテルに勤めていた頃は、フロント裏の事務所に麻雀卓を持ち込んで、夜勤のたびに徹マンをしていたという話も聞いている。コンプライアンスという概念がなかった時代の夢物語のような話だった。

「でもどうして血糖値が正常なんですか。夜勤と徹マンで生活も不規則だし、馬場さんの食生活を見ていればどうしたって数値は高くなると思うんですが」

笠井さんは納得できないという顔をする。

「おかしいですよ。さては医者につけ届けをして、数値を改竄《かいざん》してますね」

「馬鹿だな、お前、そんなことをする必要はない。もっと簡単に数値をよくする方法があるんだよ」

「どんな方法ですか」

「健康診断の前、数日だけ節制をすればいいんだよ。そうすれば血糖値は正常な値に戻るって寸法だ」

「それだけですか」笠井さんが目をまるくする。「知らなかった。知っていたら年の暮れの健康診断でそうしていたのに」

「今年はなんとか誤魔化せよ。それで来年、というか今年の年末以降は、その手を使ってうまく乗り切ればいい」

「そういうことですか。でも今回はどうやって誤魔化せばいいですかね。この結果を見せたら絶対に禁酒しろと言われます」

「そんなことは自分で考えろよ。誤魔化せないなら、禁酒したことにして、こっそり陰で飲めばいいじゃないか」

「そんな子供みたいな真似《まね》したくないですよ。それに家で飲めないのはやっぱり辛《つら》いです」

笠井さんの話の途中で、馬場さんが腰をもぞもぞさせながら立ち上がる。

「どこに行くんですか」

「小便《しょんべん》だ。年を取ると近くてかなわん」

「じゃあ、俺も一緒に行きます」

笠井さんも立ち上がり、二人は連れだって歩いていく。

健康上の相談とか言いながら、結局は酒に関する悪だくみになったわけだ、と爽太は思わず苦笑する。

「水尾さん、あの、ちょっといいですか」二人になったところでくるみが言った。

「さっき馬場さんから聞いたんですけれど、年上の薬剤師さんとつきあっているって本当ですか」

いきなり直球を投げつけられて、爽太は言葉につまった。

「ち、違うよ。つきあってなんかない」ようやくそれだけを口にする。

「馬場さんの誤解、いや適当なことを言っているだけだよ」

「仕事を辞めそうな彼女を追いかけて、強引に引き留めたって話を聞きましたけど」

そんなことまで言ったとは。さっき若い女性スタッフに囲まれて、嬉しそうに喋っていたのはその話か。

「それは事情があって、結果的にそうなったという話だよ」

「誤魔化さなくてもいいですよ。私は誰にも言いませんから」

くるみは声をひそめると、「実はですね、薬剤師さんとつきあっている水尾さんを見込んでお願いがあるんです。専門家の意見を聞きたいことがあって、それで厚かましいとは思いますけど彼女さんに相談することってできますか」

薬に関する相談と聞いて、爽太は浮《うわ》ついていた気持ちをあらためた。

「それは話の内容にもよると思うけど」

「ウチの祖母が認知症で自宅介護しているんですが、飲んでいる薬がたまになくなることがあるんです。最初は誤飲かと思ったんですが、それにしては納得できないことがいくつかあって、薬に詳しい人に訊いてみたいと思ったんです」

くるみは真剣な顔で話をはじめた。

2

くるみの自宅は巣鴨《すがも》にある。

築三十年の一軒家に、両親、八十を過ぎた父方の祖母と、高校三年生の弟の五人で暮らしている。とりたてて特徴のない平凡な家庭だったが、二年ほど前から祖母の様子がおかしくなってきた。ずっと参加してきたゲートボールの練習日を忘れたり、楽しみにしていたテレビドラマをつまらないと言って見なくなったり、部屋が片付けられなくて散らかったままになったりしたそうだ。

「祖母は几帳面《きちようめん》な人だったんです。料理が上手《じようず》で、綺麗《きれい》好きで、私が子供のころは母も仕事をしていたので、祖母が母親代わりだったような面もありました」

毎日の夕食を作るのが祖母の務めとなっていた。得意な料理は肉じゃがとハンバーグ。牛肉を使った肉じゃがとウズラの卵が入ったハンバーグが特にくるみの好物だった。

「でもあるときから作る料理に味がしなくなったんです。最初は私たちの健康を考えて調味料を控えめにしているせいかと思ったんですけど、でもそれにしてはやっていることがおかしくて」

肉じゃがにミニトマトが入っていたり、パン粉の代わりにベーキングパウダーでこねたハンバーグを作ったこともあるそうだ。そして極めつきはウズラの卵の代わりに大きな塩の塊がハンバーグに入っていたことだ。肉を噛《か》んだ瞬間、口の中に激しい違和感を覚えてくるみはすぐに吐き出した。

「塩の塊ってほとんど凶器と一緒です。口に入れたとたんに口全体に鈍い痛みを覚えて、すぐにお皿に吐き出しました。汚ねえなあって健介《けんすけ》は——弟の名前です——怒りましたけど、あんなの食べたら死にますよ。すぐに吐き出したのに口の中がずっと痛くて、その後で水を二リットルくらい飲みました」

その他にもおかしな行動を繰り返すようになり、両親が心配して病院に連れていくと、アルツハイマー型認知症と診断されたそうだった。

アルツハイマー型認知症は一番患者が多いとされる認知症で、脳に特殊なたんぱく質が溜《た》まって引き起こされる病気だそうだ。しかしそれが何故起きるかはわかっていないし、根本的な治療も困難とされている。発症したら進行をゆるやかにする薬を服用するしか治療法はないそうで、くるみの祖母も薬を服用するように指示された。

それから介護生活が始まった。最初は母が、当時していた会計事務の仕事をセーブして面倒を見ることになった。

「最初はそれで問題なかったんです。祖母は徘徊《はいかい》などもしなくて、一日ぼんやりしていることが多かったからです。でも病気が進行していくと、ふらっと一人で外に出てしまうようになったんです。それで帰り道がわからなくなって警察に保護されることがあってからは、もう目を離すことができないと、母が仕事を辞めて介護に専念することになったんです」

そのときに主治医と相談して薬も変えたということで、今では高血圧や骨粗しょう症の薬も含めて、六種類ほどの薬を飲んでいるそうだ。そしてそのうちのひとつ、認知症の薬だけが、何故か一錠、二錠となくなることがあるという。

「お祖母《ばあ》さんが誤飲している可能性はないんだね」

念のために訊くと、くるみは首を横にふった。

「なくなるのは決まった薬だけなんです。祖母が誤飲したとして、六種類の薬のうち決まった一種類だけをいつも間違えて飲むとは思えません。それに祖母が誤飲したなら、飲み終えた後に空のシートが残っているはずじゃないですか。でも探してもどこにもないんです。私たちも最初は誤飲の可能性を考えて、家中のゴミ箱をひっくり返して調べました。でもどこにもなくて、それで誤飲の可能性は捨てたんです」

「じゃあ、調剤薬局が薬の数を間違えたということは？」

爽太は過去に体験した出来事を思い出した。患者から薬が足りないというクレームがあって、刑部《おさかべ》さんが家まで事情を説明しに行ったことがあったのだ。しかしそのときに聞いた話から考えるに、調剤薬局では渡し間違いが起こらないように厳しいチェック体制を敷いているはずだった。

「もちろんそれも疑いました。でも薬局に訊いても機械で管理しているからそれはないと言われたらしいです。それで次からはもらうときに二回以上数を確認するようにしたそうです。それでも気がつくと薬がなくなっているんです。父と弟にも確認しましたが、もちろん二人とも知らなくて。それで主治医の先生に相談したんです。でもそうしたら逆に母が怒られて――」

いい加減な態度で介護をしているからそんなことが起こるのだ、もっと患者の心に寄り添って親身になって介護をしなさい、と説教されたそうだった。

「それって薬の管理についての話だよね。介護に対する心構えがどうとか、そういう問題じゃないと思うけど」爽太は思わず口をはさんだ。

「そうですよね。私もおかしいと思います。でも主治医の先生にそう言われて、母は家に帰って泣き出しちゃったんです」

祖母の面倒を見るために仕事を辞めて、介護はもちろん家事全般もやっているのに、どうして私だけそんな言われ方をされなくちゃいけないのか、私だけが貧乏くじを引かされていると泣き出して、それで急きょ家族会議を開いて、みなで介護と家事の役割分担をするようにしたそうだ。父が洗濯、くるみが炊事、弟が掃除と決めて、介護についても手の空いている人間が母の手伝《てつだ》いをすることにした。

「最近はトイレも一人でできませんし、放っておくとふらふらと外に出ていこうとすることが多くなったんです。だから祖母を一人にしないで、常に誰かがそばにいるようにしたわけです」

それでとりあえずは落ち着いたのだが、しばらくするとまた薬がなくなっていることに気がついた。

「受け取るときに数は何度も確認しているし、飲む分を間違えないように薬局で教えてもらったお薬カレンダーを使ってもいるんです。でも気がついたらなくなっていて……。もしかしたら空き巣が入って盗まれたのかと本気で考えたりもしたんです……」

警察を呼ぼうかとも思ったが、他になくなっているものはなかったので、さすがにそれはないだろうという話になった。

「わかっているだけで五回なくなっています。でもどうしてなくなるのか、その理由がまるでわからないんです。もちろんなくなることで困ることはありません。早めに病院に行って、余裕をもって薬をもらうようにしていますから、一錠二錠なくなっても代用は効くんです。でもなんだか気味が悪くて……」とくるみは顔をしかめる。「奇妙な現象だから理由を知りたいんです。それで認知症の患者がいる他の家でもそんなことがよく起こるのか、薬剤師の彼女さんにそれを訊いてほしいんです」くるみは両手を合わせて拝む真似をした。

爽太は頭の中でくるみの話を整理した。調剤薬局が正しい数を渡しているのであれば、薬は家の中でなくなったことになる。そして祖母が飲み間違えたということでなければ、家族の誰かが盗っていることになる。しかしどうして介護の役目を担っている家族がそんなことをするだろう。といって空き巣が薬だけを持っていくとも考えづらい。

「薬は家のどこに保管しているの？」

「居間に置いたり、台所にしまったりしましたが、今は茶簞笥《ちゃだんす》の戸棚にしまっています」

「たとえばの話だけど、介護に疲れたお母さんが家族に対する嫌がらせ、あるいは何らかのアピールでそれをしているということは……？」

爽太が遠慮がちにその可能性を口にすると、くるみは眉根をよせた。

「実はそれも考えたんです。自分一人で介護をすることのストレスに耐え兼ねて、家族に協力させるために、わざと自作自演で騒いだのかなって。でもそれなら最初の二回だけでいいはずで、今でもなくなるのはおかしいです」

たしかにそうだ。しかし母親でないとすれば、あとは父親か弟の仕業ということになる。

「お父さんや弟さんにはそんなことをする動機があるのかな」

「思い当たりません。そんな騒ぎになって父も弟も得をしているとは思えません。父はともかく、健介なんか、俺は受験生なのに面倒な役割を押しつけられて迷惑をしてるって文句を言ってます。両親の前では言いませんけど二人になると、俺は受験生なんだから、姉ちゃんが代わりにやればいいって言うんです。でも私だって仕事をしているし、そんなことを言われたって困ります」

くるみは眉間にしわを作って険しい声を出す。

「あいつ、わがままなんですよ。ちょっと成績がいいからって、両親や私を小馬鹿にするような口を利くこともあって――」

弟は偏差値が高いことで有名な都立の中高一貫校に通っているそうだ。

第一志望は有名国立大学なのだが、三年生になって模試の成績が思うようにあがらず悩んでいるらしい。そこにお祖母さんの病気が悪化することが重なって、いろいろとストレスを溜め込んでいる気配があるという。

「成績があがらない苛立ちを解消するために、お祖母さんの薬を隠したってことはないのかな」

可能性のひとつとしてあげてみる。

「健介は計算高いから、自分が損をするようなことをするとは思えません」

かといって父親にもそんなことをする理由がない。そしてくるみがしたことならば、わざわざ自分に相談をするはずがない。なのに現実として祖母の薬はなくなるのだ。

「こんなことって他の家でもあることですか。たとえば水尾さんのウチではありますか」

くるみに真顔で問われて、爽太は首をひねった。爽太の家族にはそもそも日常的に薬を飲む習慣のある人間がいないのだ。

「そうなんですよ。友達や知り合いにも訊いたんですが、薬を飲む習慣がない人だと、変な話だねって言われて、それ以上話が広がることがないんです」

主治医にも怒られるのが怖くて相談できない。かかりつけの薬剤師にも、最初に疑うようなことを言ったせいでこれ以上は話しづらい。

「この話って薬を飲む習慣がある人が身近にいないとわからないことだと思うんです。だから水尾さんの彼女さんに訊いてもらいたいんです。認知症のお年寄りのいる家で薬がなくなることってよくあることなのかって」

「あのさ、しつこいようだけど彼女じゃなくて知り合いだから」

念を押すように言ってから、「とりあえず話はしてみるよ。それでなくなるのはなんて名前の薬かわかる？」

「はい、それは――」

くるみは手帳を開いて爽太に見せた。そこにはお祖母さんが飲んでいる六種類の薬の名前が記入されていた。

「……なくなるのは認知症の薬――これです」

くるみはアルセクトという名前を指さした。

3

去年の梅雨《つゆ》の頃、爽太は激しい足の痒《かゆ》みに襲われた。馬場さんに水虫をうつされたと思い込んだ爽太は、仕事場の近くにある是沢《これさわ》クリニックを受診した。しかし処方された水虫の薬を塗っても治らない。それをどうめき薬局の薬剤師に相談したところ、水虫ではない可能性があると助言された。あらためて別の皮膚科を訪ねると、接触性皮膚炎と診断されて、別の薬を塗ったらすぐに治った。

そのときに助言をしてくれた薬剤師が毒島さんだった。その後も薬に関する困りごとを毒島さんに相談すると解決するということがあり、そんなことが続くうちにいつしか爽太は毒島さんに好意を抱くようになっていた。

くるみの話を聞いた数日後、爽太は刑部さんから連絡をもらって、馬場さんと一緒に『狸囃子《たぬきばやし》』を訪れた。狸囃子は神楽坂の見番《けんばん》横丁にある日本酒バーで、毒島さんたちとの待ち合わせ兼行きつけの店として使っている。

その日は是沢クリニックに関するテレビ局の取材の経過報告を聞かせてもらった。まずはテレビ局のスタッフが患者を装って、問題となる薬――サドレックスという痩身剤の偽薬――をもらいに行ったそうだ。爽太が受け取ったのと同じ錠剤を処方されたので、それを製造元の製薬会社に持ち込んだ。事情を説明して調べてもらうと正規品ではないことがわかった。それと並行して近隣や関係者をまわって情報を集めると、偽薬を処方しているという疑惑以外にも、健保組合への不正請求やスタッフへのパワハラ、セクハラ、さらには脱税などの問題を抱えていることが判明したそうだ。

「今はそれらの疑惑を検証する作業をしているそうよ。追及する内容を絞り込んでから、月末をめどに是沢院長に直接取材を申し込むらしいわね」

取材の窓口となっている方波見《かたばみ》さんが教えてくれた。

「ひどい話よね。偽薬には日本では認可していない添加物も含まれているそうで、東南アジアで密造された可能性があるみたい。妹さんは飲まなくて本当によかったと思う」

方波見さんが爽太に同情するような声で言った。方波見さんはどうめき薬局の管理薬剤師で、地域の会合で過去に馬場さんと顔を合わせたことがある。その関係で爽太を信用して、毒島さんと話をする場を作ってくれたのだ。

「そうなんですけど、颯子《さつこ》のやつ、あれ以来ダイエット熱が覚めなくて、ダイエット関係のSNSや動画を見ては、いろいろとサプリや薬を購入しているみたいなんです」

なかには国際便でシンガポールやマレーシアから届く商品もある。何を買っているのかと質問したこともあるが、爽太には関係ないでしょ、と言われて終わりだった。

「個人輸入の代行サイトですね。ちゃんとした業者ならいいですが、なかには怪しいところもあるので値段だけで決めると危険ですよ」

毒島さんが眉間にしわを寄せて呟《つぶや》いた。黒縁の眼鏡にまっすぐな黒い髪。化粧気もなく、生真面目な表情を崩さない毒島さんは爽太より四つか五つ年上だ。はっきりと年齢を聞いたことはないけれど、これまでにした話の内容からそうだと推察できる。薬剤師という仕事に真摯に取り組み、薬の知識を蓄えることに何より情熱を傾けている。爽太のことは、薬に興味を持っている一般人として好意的に接してくれている。

「そういうサイトを使えばどんな薬でも手に入るんですか」

「向精神薬や麻薬は扱ってないですが、それ以外ならほとんどの薬は購入できますね」

「国内で認可を受けているダイエット薬はサドレックスだけだと前に聞きましたけど、海外にはどんな薬があるんですか」

「有名なのはゼニガルです。サドレックスは食欲中枢と満腹中枢に働きかけて食欲を抑えますが、ゼニガルは消化管で脂肪の吸収を助けるリパーゼという酵素を阻害します。その結果、摂取した脂肪の三割が吸収されずに排泄されるという効果があります」

「脂肪をそのまま出すってやつですか。そういう効用のサプリメントはドラッグストアでよく売っていますけど」

「ゼニガルはものが違います。結果が目に見えてわかりますから」

吸収されなかった脂肪が、そのまま油として排泄されるそうだった。はじめて使った人はその様子にショックを受けることもあるという。

「アメリカをはじめとして世界十数か国で使われています。ただし脂質と一緒に脂溶性ビタミンの吸収を阻害してしまうため、ビタミン不足になって肌荒れなどの症状が起こります。ネットの書き込みなどで、脂を吸収しないから肌から油っ気がなくなったという記述を見ますがそれは間違いです。原因はビタミン不足で、それはビタミン剤を摂取することで補えます。しかしながらゼニガルを飲むに当たっては、もっと注意するべきことがあります」

毒島さんは周囲をさりげなく見まわして、「尾籠《びろう》な話で申し訳ありませんが排出される油でトイレが大変汚れます。本人の意思とは関係なく水溶状の油が漏れ出ることもあるそうで、だから服用するときは紙おむつをつけることが必要との話です」

つまりお漏らしをするということか。なるほど。サプリメントを飲んでそうなったという話は聞いたことがない。

「それならサドレックスより効果がありそうじゃないですか」

「脂肪以外の炭水化物や糖質は排出されません。だから脂肪が少ない食事を摂《と》っている場合にはあまり効果は得られません。体質によっては常用するとお腹《なか》が下ったままになることもあるようです。個人的には国内で認可されている、安全性の高い薬を使うべきだと思います」

漢方の防風通聖散《ぼうふうつうしょうさん》を含んだOTC薬にも、余分な脂質を排泄物と一緒に押し出す効果があるので、食事制限や有酸素運動、筋トレなどと組み合わせれば、効果的なダイエットができます、と毒島さんは言った。

OTC薬なら処方箋がなくてもドラッグストアで買える。しかし颯子がそんな話を素直に聞くとは思えない。

「ちなみに私も防風通聖散を飲んでます。週末はジムに通って筋トレをしている効果もあって、体の調子は大変いいです」

毒島さんが筋トレを？　意外な組み合わせに面食らったが、それ以上に横で聞いていた方波見さんと刑部さんも驚いたようだった。

「休みの日は薬の勉強会に通っているとばかり思っていたわ」と方波見さんが驚いた声を出す。

「もちろん勉強会にも行ってます。ジムは夜に行くことが多いです」

「ジムでバーベルとか持ち上げているんですか」刑部さんも興味津々の顔になる。

「ウェイトマシンがメインです。あとはランニングマシンで走っています」

「じゃあ腹筋とかバリバリに割れてるんですか」

「そこまでするメリットがないのでしていません。大事なのは体脂肪と筋肉のバランスですから」

近年の研究で、筋肉が減ると感染症や糖尿病などのリスクが高まることもわかってきたそうだ。筋肉には熱を作る役割、代謝を行う役割、血液を循環させるポンプの役割の他に、血糖値の調整を行う働きがあるからだ。食事を摂って血液中の糖が増えると、多くは筋肉中に溜めこまれる。筋肉が減ると溜めこむ量が減り、血糖値が上昇することになるわけだ。さらに筋肉量が減少すると、免疫機能が低下して、感染症にかかりやすくなる。実際に筋肉が少ない高齢者は、多い高齢者に比べて病気にかかったときの死亡率が倍近く高くなる、との調査結果もあるという。

「筋肉量は二十歳頃にピークを迎えます。三十代から五十代の時期に運動をしないと、その後に急激に減るという報告もあるそうです」

「ということはだよ、筋肉を増やせば血糖値は下がるってことなのかい」

黙って聞いていた馬場さんが意外にもその話題に食いついてきた。

「馬場さん、血糖値が高くて、会社の健康診断で要再検査と指摘されたことがあるんです」

爽太が言うと、毒島さんは納得したように頷いた。

「理屈でいえばそうですが、再検査が必要なほど高い数値が出ているなら、筋肉を増やしただけではケアできないと思います。早急に医師の診断を受けて、服薬と食事療法を施すことが必要です」

「血糖値が高いってどれくらいなんですか」方波見さんが馬場さんに訊く。

「たいしたことない。年だから気になるだけの話だよ」馬場さんは頭を掻《か》きながら、冷酒のグラスを持ち上げる。

「さっきの話を聞いて思ったんだけど、脂肪を体の外に追い出す薬があるなら、糖分を血液から追い出す薬もあるんじゃないのかい」

「あります。糖尿病の薬でペイズンといいます。腸でグルコースの吸収を遅らせて、食後の血糖値レベルを下げる効果があります」

「その薬はドラッグストアで買えるのかい」馬場さんは訊いた。

「OTC薬ではなく、処方薬ですので処方箋が必要です」

「なんだ、そうか」馬場さんはがっかりしたように肩を落とす。

「それが面倒なんだよな。どんな薬でも簡単に買えるようにしてくれれば、生活習慣病はもっと減ると思うんだけど」

「その考えは甘いです。素人《しろうと》判断で薬を使えば低血糖症になることもあります。その場合、最悪死に至る危険性だってあるんです。中高年の男性は健康診断の結果をもっと重要視するべきです。すぐに病院に行けばその後に重篤化することは避けられるんですから、もっと真剣に捉えるべきだと思います」方波見さんが眉をひそめて馬場さんをキッと見る。

「ありゃあ、余計なこと言って怒られちゃったな」馬場さんは肩をすくめて、子供のように舌を出した。

時計の針が九時を指した頃、爽太はくるみの話を毒島さんに切り出した。

「あの、薬のことでちょっと相談があるのですが」

「何でしょうか」

「会社の後輩の話なんですが、家で認知症の薬がなくなるという相談を受けたんです」

「薬がなくなる？　どういうことですか」

毒島さんが興味を示してくれたので、爽太は聞いた話を伝えた。

認知症を患っているお祖母さんが勝手に飲んだとも思えない。家族は誰も知らないと言っている。外から人が入った気配もない。

「こういうことって認知症の患者さんがいる他の家でもあることなんでしょうか」

爽太の問いかけに、「いいえ。聞いたことがないですね」と毒島さんはかぶりをふった。

「一人暮らしの患者さんであれば飲み間違えることもありますが、家族がいて、さらにそれだけケアをしているなら、なくなるはずがないですね」

「やっぱりそうですか。でも実際になくなっているというんです。それも一回ではなく五回もです」

どうしてそんなことが起こるんでしょうか、と爽太は訊いた。

「調剤薬局が数を間違えて出したわけでなければ、家の中でなくなっているわけですよね。そして外部の人間が侵入したのでなければ、家族の誰かが盗ったことになる」

家族の誰かといっても、唯一動機が思いつくのは母親くらいだ。介護の大変さをアピールするための自作自演。実際それをきっかけに家族で家事や介護の分担をしたのだから、母親が犯人なら効果はあったことになる。しかしそれならその後も続く理由がわからない。相談をしてきたくるみが犯人のはずはないし、父親や弟がそんなことをする動機も見当がつかない。

「もしかして他人には窺《うかが》い知れない問題が彼女の家にあるということでしょうか」

曖昧な言い方でほのめかしたが、毒島さんはすぐに気づいてくれた。

「祖母に対する虐待とか、そういう心配をしていますか」

「ええ、まあ。それ以外に答えが見つからないような気がして」

「たぶんそこまで深刻な問題ではないと思います」

「どうしてわかるんですか」

「相談者である女性がそのことを大きな問題として受け止めていないようなので。他人に言えないような根深い問題があれば、そもそも水尾さんに相談をするはずがありません」

「彼女が気づいていないだけということは？」

「家族五人で住んでいて気づかないということはないと思います。これはそんなテレビドラマみたいな話ではないと思います」

「じゃあ、いったいどういうことなんでしょう」爽太は首をひねってから、毒島さんを見た。不思議そうな顔はしていない。

「もしかして何か思い当たるところがあるんですか」

「その前にその家族の話をもう少し聞かせてもらってもいいですか」

手をあげて店員に温かいお茶を頼むと、毒島さんはくるみの両親と弟に関することを爽太に訊いた。爽太はくるみから聞いたことをすべて毒島さんに話した。

「――わかりました」

五分ほど話を聞いた後に毒島さんは言った。

「薬がなくなる理由について、思い当たることがひとつあります」

「犯人がわかったんですか」

「犯人という言葉が適当かはわかりません。でも誰がやったか、その動機が何か、それについてはなんとなく見当がつきます」毒島さんはあっさり言いのけた。

「すごい！　まるで名探偵みたいじゃないですか」

薬剤師には、処方箋を見て病態を推理する処方解析という能力が不可欠だ。刑部さんから前にそういう話を聞いて、探偵みたいだと思ったことがあるが、まさにその通りだったのだ。

「そんなに大袈裟なことじゃありません。薬の効果と家族構成を照らし合わせれば、自然と思い浮かぶことですから」

「それで誰が薬を盗った犯人なんですか。お父さんですか、弟ですか、まさかお母さんということはないですよね」

勢い込んで質問する爽太に、しかし毒島さんの歯切れは悪かった。

「プライベートな問題なので、それを水尾さんに言っていいのか迷います」

言われてみるとたしかにそうだ。

「じゃあ、彼女に電話をするので毒島さんから話してもらえますか」

「うーん。どうしましょう」

　毒島さんは煮え切らなかった。

「……前に勤めていた調剤薬局で在宅薬剤師の仕事もしていたのですが、介護が必要な患者さんがいるお宅で、介護をきっかけに家族の関係がこじれた例を見聞きしたことが何度もあるんです」

　在宅医療や在宅看護を行っている患者を訪問して業務を行う薬剤師を在宅薬剤師というそうだ。患者宅に薬を届けて管理することが主な仕事で、ときには主治医や看護師、ケアマネージャーと綿密にコミュニケーションをとることもあるらしい。

「この話も対応を誤ると、家族関係がこじれる可能性が高いです。さらには時期が時期だけに慎重な対応が必要です。大学受験もすぐに本番になりますから」

　毒島さんは声を落として呟いた。

うん……？　ということは弟が薬を盗った犯人ということか。

「でも、なんで弟さんが――」

　言いかけたとき、隣のテーブルからドンッと音がした。誰かが拳でテーブルを叩いたようだ。

続いて、「手前《てめえ》、俺の酒が飲めないっていうのかよ」と声がした。見ると、顔を赤くした四十歳くらいの男が向かいにいる若者に熱燗《あつかん》の徳利を突き出している。

「すいません。俺、アルコールがダメなんですよ」

二十歳くらいの目尻の垂れた男が頭を下げている。

「ふざけたことを言うんじゃねえよ！　飲もうって気持ちがあれば飲めるんだ！　飲めないっていうのはただの甘えだ！　四の五の言わずにそれを持て！　お前の甘ったれた根性をこの俺が叩き直してやるからよ！」

怒っている男は、生え際が後退して額が広くなっているのに、伸ばした髪を後ろで束ねて、まるで落ち武者のようだった。テーブルに置かれた手つかずの猪口を顎で示して、早く持て、と催促している。

「野々宮《ののみや》さん、こいつ、本当に飲めないんですよ」と同席している別の男がなだめても、「うるせえな。俺にはそんな誤魔化しは利かねえぞ。飲むまでは帰さないから、そのつもりでいろ。なあ、影山《かげやま》、気合いを入れて飲み干せよ」と唾を飛ばしてわめきたてている。

「本当に飲めないんです。家族もみんな飲めなくて。生まれつきそういう体質なんですよ」

影山と呼ばれた男が説明しても、引き下がろうとはせずに、さらに徳利を目の前に突き出した。

「酒を飲んでこその仲間だろうが！　酒を飲めない奴に用はないんだよ。いいから覚悟を決めて受け取れよ。これだけ言っても俺の酒を飲めないって言うなら、明日からの扱いは覚悟しておけよ！」

落ち着いた雰囲気の日本酒バーにはまるで馴染《なじ》まない飲み方だった。

「他のお客さまの迷惑になりますのでお静かに願います」と店員が声をかけて、とりあえず収まった。しかし大声こそ出さないが、野々宮という男の高圧的な態度は変わらない。

漏れ聞こえる話の内容から倉庫作業のようなアルバイト仲間らしいとわかった。野々宮がアルバイトリーダーで、影山ともう一人が部下という関係らしい。立場上、二人が逆らえないのをいいことに、野々宮は好き放題を言っている。

「いいか。酒っていうのは飲めば飲むほど強くなるんだよ。俺だってそうやって強くなったんだ。だから気合いを入れて飲んでみろ。酒ってやつは吐けば吐くほど強くなれる。死ぬ気になって飲んでみろって。一か月もすれば俺みたいに酒に強くなれる。

そうなったらもう怖いものなしだ。酒が飲めないなんて台詞《せりふ》がただの戯言《ざれごと》だって、そう思うようになるからよ」

聞いている方がうんざりしてくる。店を変えた方がいいだろうか。そんなことを考えていると、ふいに毒島さんが立ち上がった。あっと思う間もなくそのテーブルに近づいた。

「そこまでにした方がいいですよ」

落ち武者風の男——野々宮に言う。

「なんだよ、お前」野々宮が目をまるくして毒島さんを見る。

「アルコールハラスメントはやめた方がいいと言っているんです」

「うるせえな。こっちは楽しく飲んでいるんだよ。関係ない人間が横から口を出すんじゃねえよ！」赤い顔をゆがめて、吐き捨てるように言う。

「お酒を飲めるかどうかは遺伝的に決まります。飲めば飲むほど強くなるとか、いい加減なことを言うのはやめてください」

えっ、そこ？　野々宮の態度じゃなくて、話の内容が間違っていると言いたいのか。

「はっ？　いい加減じゃねえ。現に俺は鍛えて強くなったんだ。他人にとやかく言われる筋合いはねえよ」

「あなたにとっての事実が、世間にあまねく通用する真実とは限りません。いいですか。お酒は体内に入ると、アルコール分解酵素の働きによりアセトアルデヒドに分解されます。アセトアルデヒドは、さらにアセトアルデヒド分解酵素によって無害な酢酸に分解されます。ただしアセトアルデヒド分解酵素にはＡＬＤＨ１型とＡＬＤＨ２型の二種類があり、さらにＡＬＤＨ２型は活性遺伝子の型によってＮＮ型、ＮＤ型、ＤＤ型の三種類に分かれます。ＮＮ型が正常な活性遺伝子――お酒に強い人です。ＮＤ型はＮＮ型の十六分の一しか活性しないタイプで、これはお酒に弱い人にあたります。ＤＤ型は活性のない遺伝子で、このタイプはお酒をまったく飲めません。同じ量のお酒を飲んだとき、血中のアセトアルデヒド濃度は、ＮＤ型の人はＮＮ型の人の四から五倍、ＤＤ型はＮＮ型の二〇から三〇倍になると言われています」毒島さんはそこまで一気に言ってから、さらに相手の言葉を待つこともなく、「何が言いたいかというと、お酒の強い弱いは遺伝的に決まるものであり、気合いや根性で何とかなるものではないということです。たとえるなら睡眠薬を飲んだ人に向かって、眠くなるのは甘えているからだ、気合いや根性があれば起きていられる、と言っているのと一緒です」と一気に言い切った。

「吐けば吐くほど強くなるという言説も根拠のない出鱈目《でたらめ》です。ＡＬＤＨ２型の種類は遺伝で決定されるものであり、後から鍛えることはできません」

「——嘘《うそ》じゃねえ！」

気圧《けお》されていたように黙っていた野々宮がようやく叫んだ。

「俺も若い頃は弱かった。ビールをコップ一杯飲んだだけで気持ち悪くなっていた。だけど毎晩吐くまで飲んで、それで強くなった。それは絶対に嘘じゃねえ！」

「あなたの体験を嘘だとは言いません。しかしそれは他人に強いるようなことでもありません。お見受けしたところ、顔から首まで赤くなっているようですが、本当にお酒の強い人はいくら飲んでも顔色が変わらないことが多いです。ご自身でおっしゃったように、あなたは本来お酒に弱いタイプ、ND型だったのでしょう。それが習慣的な飲酒で酵素誘導が起きて、とりあえずお酒が飲めるようになったということです。しかしそちらの男性は違います。DD型——ALDH2型が活性しないタイプです。それは体内でアセトアルデヒドを分解できないということです。アセトアルデヒドは大変毒性が強く、体内に入ると頭痛、悪心《おしん》、吐き気、呼吸促進を引き起こします。また発がん性が高いことでも知られています。それはアルコールの摂取がすなわち死につながる可能性があることを意味します。たとえるなら重い食物アレルギーを持っている人に、アレルゲン食物を無理に摂取させようとしているのと同じです。これは悪質な犯罪行為であり、場合によっては傷害罪や殺人未遂になる事例だと思います」あなたにはそういったことをしているという認識がありますか、知らなかったですまされることではありませんよ、と毒島さんは舌鋒《ぜっぽう》鋭く追いつめた。

気がつくと店はしんとしていた。すべての客の視線が毒島さんと野々宮に集まっていた。店員も注意するべきかどうか考えあぐねているようで、離れたところから様子を窺っている。

「う、うるせえな。つまらねえことをぐだぐだと」

たじろいだように野々宮は視線をそらした。そこでようやく自分の置かれた立場に気づいたようだった。

「ただの仲間内の冗談だ。それをそんなにマジな態度で言われてもよ……」と引き攣《つ》った笑みを浮かべて言い捨てる。

「なあ、お前らはわかっているよな。俺が本気で言ってないってことは」

影山ともう一人の男に声をかける。もう一人の男は、「ええ、まあ、それは」と半笑いで応じたが、「冗談には聞こえなかったです」と影山はきっぱりと言い切った。

「なんだよ、お前、冗談のわからない男だな。俺はそこまで横暴な男じゃないぞ」

野々宮は誤魔化すように笑ったが、場には白々とした空気が漂った。

「ちなみにですが、人類はアルコール分解遺伝子を獲得することで厳しい環境を生き延びてきたそうです。しかしシベリアか東アジアで遺伝子に突然変異が生じて、その遺伝子がその地域を中心に広まった。だからヨーロッパやアフリカではほとんどの人がNN型なのに、東アジア一帯だけにND型、DD型が存在するとの話です」

毒島さんなりに気を使ったのか、声のトーンを落としてさらなる知識を披露した。

すると、なるほど、そういうことか、とまるで関係のない離れた席から声があがった。

「じゃあさ、酒を飲めない人は、私はアセトアルデヒド分解酵素のALDH2型がDD型だからお酒は遠慮します、って言えばいいんじゃないの？　専門的な知識を披露されたら、きっと馬鹿なアルハラ常習者も引き下がらざるを得ないと思うよ」

「いいな、それ。俺も酒が弱いんだ。ND型なので飲めませんってTシャツを作って着ようかな」

「じゃあ、俺はNN型なのでガンガン飲みますってTシャツを着るわ」

誰かが応じて、緊張から解き放たれたように、どっと店の中に笑い声があがった。

「帰る――」

野々宮が突然立ち上がった。財布から千円札を数枚抜くとテーブルに放って、そのまま振り返りもせずにふらふらと店を出ていった。

「野々宮さん。待ってください」ともう一人の男も金を置いて後を追いかける。それで店の空気が一気に緩んだ。

「すいません。助けてもらってありがとうございます」

酒を強要されていた若い男——影山が立ち上がって毒島さんに頭を下げる。

「助かりました。あいつ、酒癖が悪いんですよ。ずっと飲みの誘いを断っていたんですが、今日は断り切れなくて——最初から酒を飲むように強要するつもりだったんですよ。どうやって切り抜けようか悩んでいたので、意見していただいて助かりました」

「私こそむきになって言いすぎました。このことがきっかけになって、あなたにさらに迷惑がかからないといいのですが」毒島さんは困ったような顔で頭を下げ返す。

「それはいいんです。あそこのアルバイトはもう辞めます。もともと他のバイトに本腰を入れるつもりで、これが最後と思ってあいつの誘いに乗ったんです」

新しいバイト先はここです、と財布から名刺大の紙を取り出した。

「よかったら来てください。サービスしますから」

影山は毒島さんに店のカードを手渡してから、こちらのテーブルまで来て、「みなさんもどうぞ」と爽太たちに同じ紙を差し出した。

【フリー雀荘　ＭＡＪ】とある。

すぐに反応したのは馬場さんだった。

「フリー雀荘でバイトしているのか。場所はどこなんだい」と嬉しそうな声を出す。

「早稲田《わせだ》です。雰囲気のいい店です。禁煙席もあるので若いお客さんや女性の方も多いです」

「レートやルールはどうなっているのかな」

二人は毒島さんそっちのけで話をはじめた。

毒島さんは席に戻ると、温《ぬる》くなったお茶をごくりと飲んでから「それでさっきの話の続きですが」と爽太に向かって切り出した。

4

翌週の金曜日。

爽太は巣鴨の駅前にあるコーヒーショップにいた。入口に近い席をキープして、入ってくる客の年恰好《としかっこう》に目を配る。コーヒーを飲みながら、話すべき内容と順番を頭の中で整理していると、ブレザーにダッフルコートを着た男子高校生が俯《うつむ》きながら入ってきた。緊張した顔で眼鏡のフレームに手をやり、混雑した店内をおずおずと見回している。

爽太はテーブルに置いたスマートフォンの画面に目をやった。くるみから送られていた家族の写真がそこにある。──間違いない。

「健介くん」と腰を浮かして呼びかけた。

眼鏡の男子高校生がぎょっとしたように振り向いた。

爽太はゆっくり立ち上がる。

「原木健介くんだね。僕は水尾爽太、お姉さんと同じホテルのフロントで働いている」

健介は一瞬、逃げ出しそうなそぶりを見せたが、唇をまっすぐに結ぶと、「こんにちは」とどこか観念したかのように頭を下げた。

「話の前にとりあえず飲み物を買ってこようか。コーヒー、紅茶、ジュースとあるけど何がいい？」

「水でいいです」

「店に入った以上、そうはいかないよ。コーヒーでいいかな。毎朝飲んでいるってお姉さんに聞いたけど」

「……はい」

健介をテーブルにつかせると、カウンターでブレンドコーヒーを買ってきた。砂糖とミルクを添えて健介の前に置く。

「ありがとうございます」と健介は頭を下げてから、「お金は払います」と財布を取り出した。

「いや、いいよ。今日は僕が呼び出したわけだから」

「でも、悪いです」

「たいしたお金じゃないし、君が気を使うことはないから」

爽太は健介に財布をしまわせた。

「すいません。それで……話って何ですか。大事な話があるから学校帰りにここに寄るように、姉から言われて来たんですが」健介は不安そうな声を出す。

「うん。お祖母さんの薬のことなんだけど」

半分ほどに減ったコーヒーカップを持ち上げながら、爽太は健介の反応をじっと見る。健介は背筋を伸ばし、両手をまっすぐ膝に置いて、微動だにしないで前を見ている。

「お祖母さんの薬がなくなることがあるって相談をお姉さんから受けたんだ。なくなる理由がわからなくて困っているってお姉さんは言っていた。僕の知り合いに薬剤師の人がいて、その人にどうしてそういうことが起きるのか訊いてもらえないかって頼まれたわけなんだ」

薬剤師という単語に健介の顔が一瞬強張《こわば》った。

「その話をすると薬剤師の人はある推理を口にした。ただしそれは薬の特性から導き出された事柄で、はっきりした証拠があることじゃない。間違ったことをお姉さんに伝えて家族の仲が険悪になったり、君の大学受験に悪影響があったら申し訳がない。だから君に直接訊いてみてほしいとアドバイスを受けた」

健介は不安そうに爽太を見た。

「でも姉には言ったんですよね。ここであなたに会うように僕に言ったのは姉ですが」

「くわしい話はしていない。確認したいことがあるから会う段取りをつけてくれるように頼んだだけだ」

「じゃあ、姉にはまだ……？」

「言ってない。そもそもの話、君が何も知らないと言えば、薬剤師の人に訊いたけどわからなかった、とお姉さんには伝えて、それで話は終わりだ。それ以上のことは——他人の家族の問題に首を突っ込むことはしたくないし、するつもりもない」

言葉を選ぶように言ってから、健介の様子を窺った。

健介は迷うように目を瞬《また》かせてから、「その薬剤師の人は……どうして薬がなくなったと言っているんですか」と上目遣いに訊いてきた。

「君がこっそり飲んだんじゃないかって言っている。さっきも言ったように証拠は何もない。薬の特性から導き出された推論だから、間違っていたなら、申し訳ないと代わりに謝ってほしいとも言われている」

健介が否定すれば、疑いをかけたことを謝って、それでこの話は終わりになるということだ。しかし健介は否定しなかった。

「その通りです。僕が薬を飲みました」

やはりそうか。

爽太は一拍おいてから、「それは、やっぱり大学受験に対する不安のせいかな」と静かな口調で訊いてみた。

「そうです。いろいろなストレスがあって、不安ばかりが大きくなって……」

健介は砂糖もミルクも入れないままのコーヒーを一口飲んで、ため息をつくように言葉を吐き出した。

「君がよければだけどストレスの原因を聞かせてくれないかな」

言いたくない、と健介が言えばそれ以上は訊かないでいい、もし自らの意志で話をするようなら、途中で否定したり、意見を言ったりせずに最後まで黙って聞いてあげてほしい、と毒島さんには言われていた。

「それは、やはり祖母のことですね……。孫が大学受験を迎える大事なときに認知症なんかになって家族に迷惑をかけたことが原因です」

健介はぼそりと呟いた。

お祖母さんだって好きで認知症になったわけじゃない。いくらなんでもその言い草はないだろう。そんな言葉が喉元までこみあげる。しかし毒島さんの言葉を思い出し、すんでのところで飲み込んだ。唇を噛んで、じっと次の言葉を待ち受ける。

「俺ってついてないんです。まわりの環境に恵まれないっていうか、自分の力が及ばないところで、越えられない壁ばかりに囲まれていて……。同級生には親が大手ＩＴ企業の役員だという奴もいます。塾をかけもちしたり、教科ごとに家庭教師をつけてもらったりしてるのに、俺は予備校の夏季講習や冬季講習に通わせてもらうのが精一杯で、それでつい……」

それから健介は家族の不満を切々と語った。家が安普請《やすぶしん》で生活音が筒抜けなこと、姉がデリカシーに欠けていて受験勉強をしている自分にまるで気を使ってくれないこと、ウチには貯金がないので浪人はさせてやれないと小さな出版社に勤める父親からプレッシャーをかけられていること。

その大半は子供っぽい身勝手な泣き言に思えたが、ここでも毒島さんに言われた通りに爽太は黙って聞いていた。聞いているうちに毒島さんがくるみに話をしなかった理由がわかった。こんな話をくるみが聞けば、きっと感情的になって大喧嘩《おおげんか》になるだろう。他人だから冷静に話を聞くことができる。そのために自分を仲介役にしたのだろうと思ったのだ。

「それが原因でお祖母さんの薬を——アルセクトを飲んだのかい」

言いたいことをすべて言って健介が黙り込んだのを機に、爽太は訊いてみた。健介は顔を上げずにこくりと頷いた。

「——はい。ストレスが溜まってどうしようもなくなったとき」

でも、と震える声で言葉を続ける。

「家族を困らせようとか、祖母に嫌がらせをしようとかってことじゃありません。これだけ手伝っているんだから自分にもなんらかの報酬があっていいんじゃないか……そんな風に思ったせいです」

健介は膝に手を置いて、ふうと大きく息を吐いた。

「勝手な考えだとはわかっています。でも絶対に現役合格をしなければならないなら、それくらいのことはしてもいいだろうと思って……」

すいませんでした、と健介は謝った。顔をあげ、溜まっていた何かを吐き出すように、大きく息を吐く。

「悪いのは自分です。両親と姉――いえ祖母を含めた家族に迷惑をかけました。すいません」

本当に後悔している声だった。

「僕に謝ることはないよ。でもよく認知症の薬にそんな効果があることを知っていたね。薬剤師の人に聞くまで、僕はそんなことを想像すらしなかった」

「クラスの友達に言われたんです。お前の祖母ちゃん、認知症だって言ってたけど、それって考え方によってはラッキーだぞ、認知症の薬には、健常者が飲むと頭がよくなる効果があるらしいぞ、って」

それを聞いて爽太は暗い気持ちになった。

――お前の祖母ちゃん、認知症だって言ってたけど、それって考え方によってはラッキーだぞ――

家族に認知症患者がいる人間なら、日々の介護に追われて必死になっている人間なら、絶対に出てこない台詞だった。知らないからこそ言える無神経な言葉だと思った。

「ふざけやがって、と最初は聞き流しました。でも認知症が進んで、介護の手助けをさせられているうちに、ふとその言葉を思い出したんです」

毒島さんから聞いた説明を思い出す。アルセクト（一般名：ドネペジル塩酸塩）はアルツハイマー型認知症およびレビー小体型認知症における認知症症状の進行抑制の効果がある薬だが、正常な人が使用すると記憶力を高める効果があるそうだ。認知症と受験生というふたつの単語を聞いて、毒島さんはすぐにその可能性を指摘した。しかしそれをくるみに伝えることは躊躇《ためら》った。成績をあげるために病気の祖母の薬をこっそり飲むのは言語道断な行為だが、そうせざるを得ない事情が家庭内にあるかもしれないと危惧したのだ。

介護をきっかけに、円満だった家族が仲たがいしたり、離散したりするケースを在宅薬剤師をしていたときに見たり聞いたりしたせいで、そんなことを考えたらしかった。

「これは部外者が気安く口を出していい話ではありません。といって知らんふりをしていいとも思えません」

あの夜、狸囃子で毒島さんは考え深げに呟いた。

「認知症の患者さんが飲むべき薬を飲めなくなる危惧に加えて、服用した人間の副作用の問題もあります。認知症の患者さんの副作用の例では、吐き気、脈が遅くなるなどの身体的症状、怒りっぽくなる、攻撃性があがる、暴言、興奮などの精神的症状が報告されています。薬を飲むことで記憶力がよくなったとして、精神の安定性に問題が生じれば、受験生としてはデメリットの方が多くなります。正常な人間がこの薬を飲んだときのデータはないですが、このままにしてはいけない問題だと思います」

それでタイミングを見て直接健介にアプローチすることを考えた。それとなく訊いて、違うと否定されたら、それ以上は深追いせずに謝ればいい。もし健介が犯人だとしても、姉が他人に相談していることを知れば、それ以降は飲むのをやめるのではないかと考えたのだ。

直接の話は爽太がすることにした。くるみだと感情的になって話がこじれる危険性がある。かといって毒島さんが出ていくのは大袈裟すぎる。そもそも毒島さんが相手では健介が警戒して本当のことを言わない可能性がある。同性で年が近く、さらには姉の仕事場の先輩である爽太がその距離感において適任だと考えたのだ。

くるみには、弟さんに聞きたい話があるから会えるように段取りしてくれ、とだけ頼んだ。くるみは訝《いぶか》しんで、弟が犯人なんですか、と質問してきたが、確認したいことがあるだけだから、と押し切って健介と会う約束を取りつけたのだ。

「祖母に……家族に謝ります」と健介はうなだれた。

「薬がいつの間にかなくなることで家の中はさらに大変になったんだよね。その後でもまだこっそり飲み続けたのはなぜなんだい」

「もうやめようと思いました。でもそのせいで介護にかかわる自分の負担が増やされて。自業自得だとも思いましたが、それならそれでいいやとも思ったんです」

「開き直ったということかな」

「そうですね。それにここでやめたら却《かえ》って自分の仕業だとばれそうな気もして。それで毒を食らわば皿までの心境で繰り返してしまいました。本当に愚かな行為だったと思います」

健介は肩を落として、姉にすべてを言います、と小声で言った。

実際は家族思いの優しい子なのだろう。

「そうだね。そうするのが一番だと思う」爽太も頷いた。

「それで君がよければなんだけど、僕からお姉さんに今の話をしておくよ。君がしたことは悪いことだけど、同情されるべき事情もある。同じ境遇にいたら僕も同じことをしたかもしれないし、その辺をお姉さんに説明しておく」

「いや、でも、それは悪いです」

「そんなことはない。今日君と会う約束を取りつけたことで、どういうことかとお姉さんは疑っているはずだ。きっとその説明を求められると思うし、君にしても話をしておく方が謝りやすいんじゃないのかな。もともとこの話を薬剤師に訊いてほしいと言ってきたのはお姉さんだし、認知症の薬にそういう効果があることは、専門家の説明があった方が信用しやすいと思う。いまの話を君が直接しても、すぐにはお姉さんに納得してもらえないとも思う。薬剤師から聞いた話として僕から伝えた方が絶対にいいよ」

それは爽太の本音だった。これまで薬に関する事件に関わったことが何度かあるが、薬剤師がこう言っていると伝えると、それまで懐疑的だった人たちがすんなり納得してくれることがあったのだ。

「本当にいいんですか」

「もちろんだよ」

「じゃあ、お願いします。ウチの姉、ああ見えて、怒るとけっこう怖いんですよ」健介は顔をあげて、少しだけ笑った。

爽太は時計を見た。くるみの勤務は六時まで。ホテルを出て七時には巣鴨駅に着くだろう。その後でこの店に来てもらえばいいと考えた。

「ところで薬の効果はどうだった？」

爽太は声をひそめて訊いてみた。飲んだ効果と感想はどうだったのか、訊けたら訊いてほしい、と毒島さんに頼まれていたのだ。

「はっきりとした実感はなかったです。でも最初に飲んだ後の模試の結果が思いのほか良くて……。偽薬《プラセボ》効果かもしれませんが、もしかしたらと思う気持ちがあって、結果的に五回も繰り返すことになったんです」

　プラセボ効果という言葉がすんなり出てくるあたりが知識の広さを思わせる。

「ネットでいろいろ調べたんです。そうしたら集中力を高めたり、記憶力をあげたりするスマートドラッグを使うのは、欧米の学生や起業家の間では当たり前のことだとあって……」

　向知性薬《ヌートロピック》と呼ばれているものが処方薬からサプリメントまで幅広くあって、中でもＡＤＨＤや認知症の治療に使う薬は強力で効果があるという知識を得たそうだ。

「でもだからといって認知症の祖母の薬をこっそり飲むなんて」

　──本当に浅はかで馬鹿でした、と健介は清々《すがすが》しい顔つきで頭を下げた。

　その表情には本気の後悔と反省の色が表れている。たぶんもう二度としないだろうと爽太は思った。そのことも含めてくるみに伝えよう。

「わかった。僕はこれからここでお姉さんを待って話をするから、先に帰っていいよ」と健介を送り出す。

一人になって、もう一杯コーヒーを買った。今回、余計な感情を入れずに健介の話を聞いたことで、相手の話を聞くというのが大事なことだとあらためてわかった。家族だからこそついつい感情的になって、冷静に話をできないこともある。くるみとの話を終えて家に帰ったら、あらためて颯子と話をしてみよう。

湯気の立ち上るコーヒーカップを手に取って、爽太はそんなことを考えた。

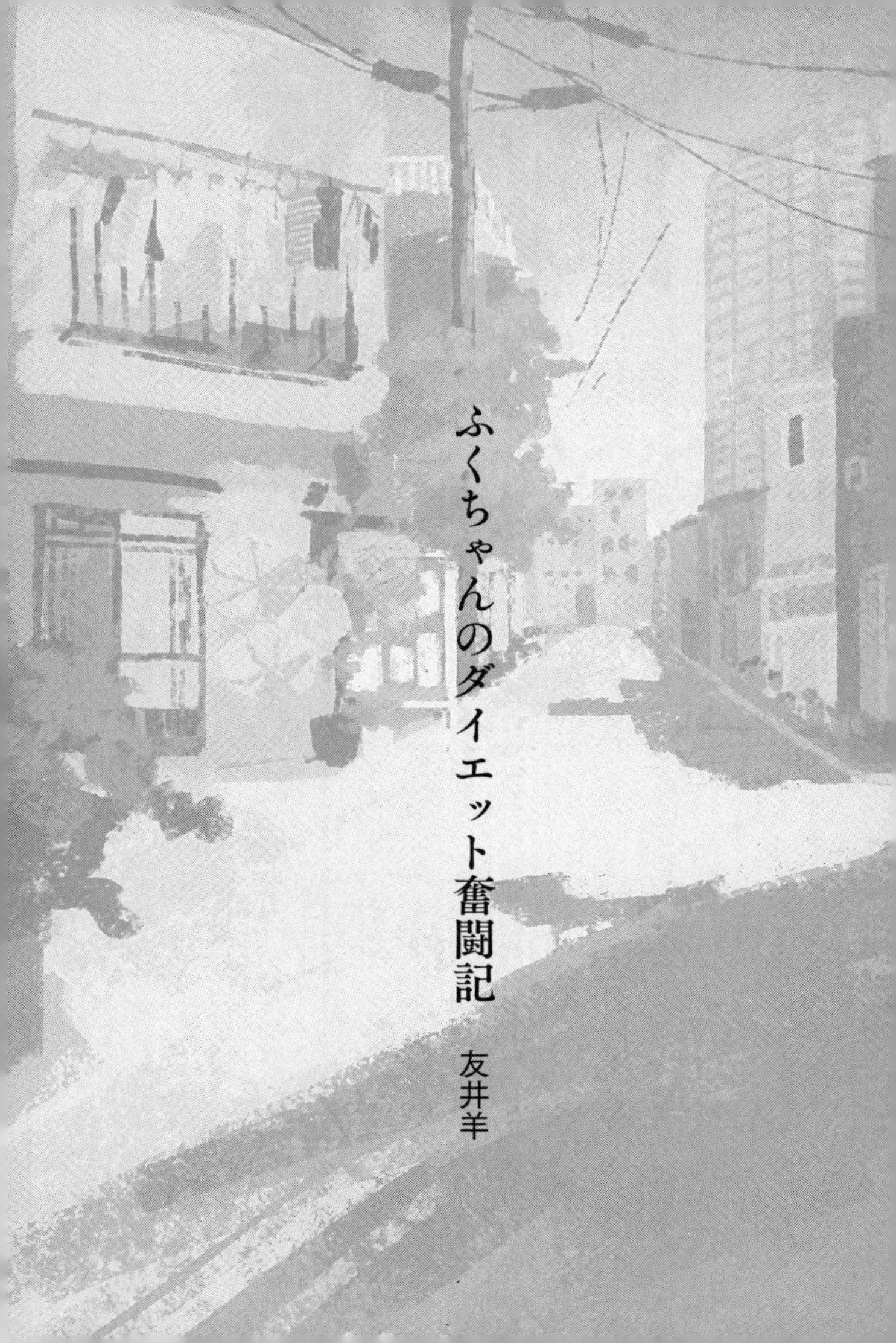

ふくちゃんのダイエット奮闘記

友井羊

友井 羊　（ともい・ひつじ）

1981年、群馬県生まれ。第10回『このミステリーがすごい！』大賞・優秀賞を受賞、『僕はお父さんを訴えます』にて2012年デビュー。他の著書に『ボランティアバスで行こう！』「スープ屋しずくの謎解き朝ごはん」シリーズ（以上、宝島社）、「さえこ照ラス」シリーズ（光文社）、『向日葵ちゃん追跡する』（新潮社）、『スイーツレシピで謎解きを』『放課後レシピで謎解きを』『映画化決定』（以上、集英社）、『無実の君が裁かれる理由』（祥伝社文庫）などがある。

「全部あんたの仕業だったのね」

三葉《みつば》が目の前の人物を睨《にら》むと、同じ鋭さの視線を返された。

ダイエットを成功させると決意した途端に、数え切れない程の甘い誘惑に襲われた。バターの豊かな香りやフルーツの瑞々《みずみず》しい味わいを思い起こさせる食べ物に直面すると、三葉の脆弱《ぜいじゃく》な自制心では抗うことは不可能だった。

そして恐ろしいことに、三葉の前に差し出された魅惑的な洋菓子の数々は、明確な意志によって用意されていたのだ。

「教えて。どうして私を太らせようとしたの」

目の前の人物が手鏡を摑《つか》み、三葉の面前に掲げた。鏡面に三葉の顔が映り込む。生まれつきの丸顔で、幼い頃から饅頭《まんじゅう》やアンパンマンに似ていると囃《はや》し立てられてきた。

喉の奥から悲鳴が漏れる。痩《や》せたいと望んだだけで、なぜこんな目に遭うのだろう。

三葉の脳裏にダイエットを開始した数ヶ月前の出来事が蘇《よみがえ》った。

1

福田《ふくだ》三葉の愛称は、小学校時代から「ふくちゃん」だった。物心ついた時から恰幅《かっぷく》が良く、身体測定でも体重は平均値を超えていた。親戚の大人たちからはずっと「いい体格だ」とか「健康そう」などと言われてきた。

小学校で男子に体形を揶揄《やゆ》され、四年生くらいからあだ名を嫌うようになった。ふくという文字列が〝ふっくら〟や〝ぶくぶく〟といった太った人を指す言葉を連想させるからだ。

しかし中学高校と進学しても呼び方は変わらなかった。専門学校には同じ出身校の同級生がおらず、違う呼び方を期待した。だがなぜか同じクラスの関谷繭子《せきたにまゆこ》が、ふくちゃんと呼びはじめた。

「どうしてふくちゃんなの？」

昼休みに教室で訊《たず》ねると、繭子が小首を傾《かし》げた。童顔で小柄な繭子にはお似合いの仕草だ。三葉という名前なのだから、みーちゃんやみっちゃんでも問題ないはずだ。

「んーと、ふくちゃんって感じだから」

繭子の返答は要領を得ないが、その場にいたクラスメイトもうなずいた。机にお弁当やパンが並んでいて、三葉は友人たちとランチを食べている。福祉系の資格を得るための専門学校で、現在は二年目の三月だった。

「わかる。お母さんみたいな安心感があるよね」

「そんなこと言われても嬉《うれ》しくないよ」

三葉はそう言いながら、繭子のシャツの裾についた米粒をつまんだ。すると友人から「そういう所だよ」と突っ込まれた。

「ふくちゃんのランチはそれだけ？」

繭子が三葉の手元を見て目を丸くする。栄養が添加されたシリアルバーとお茶が三葉の今日の昼食だった。

「朝食を食べすぎて、お腹《なか》が空いてないんだ」

「それじゃ、わたしのお菓子は入らないかな」

「うっ……」

繭子がバッグからクッキーを取り出し、三葉はつばを飲み込んだ。繭子はお菓子作りが得意で、たまに自宅から持ってきては皆に配るのだ。

「じゃあ、ちょっとだけ」

差し出されたクッキーに我慢出来ず、つまんで口に入れる。食感はサクサクで、バターのコクが舌の上に広がった。三葉は幸せを噛《か》みしめるが、同時に暗い気持ちも押し寄せてきた。

三葉は先週、生まれて初めて合コンに参加した。気分は乗らなかったが、高校時代の友人に頼まれて仕方なく足を運んだ。会場となるイタリアンバルのドルチェが有名なのも承諾した理由だった。

男性陣の中に加賀《かが》寿士《ひさし》を見つけた時、三葉は呼吸が止まるかと思った。寿士は中学時代に憧れていた同級生で、アイドルみたいな容姿から女子の間で最も人気があった。流行のファッションに身を包んだ大学生の寿士は、中学時代よりずっと洗練されていた。

「ふくちゃんだよね。ひさしぶり」

合コンは馴染《なじ》めなかったが、寿士が自分を覚えていたことが嬉しかった。さらに後日、合コンに誘ってきた友人から寿士を含む男性陣とカラオケへ行くという連絡も来た。

寿士に会えるなら、少しでも綺麗《きれい》な姿でいたい。だから慌ててダイエットをはじめたのに、早速クッキーを食べてしまう意志の弱さに嫌気が差した。

三葉は書店でダイエット本を買い漁《あさ》り、効果的な減量方法を探した。専門学校が遠いため、三葉は朝早くに家を出る。そのせいでギリギリの時間まで寝ていて、朝食を抜くことが多かった。

しかし朝食を抜くと代謝が上がりづらくなり、ダイエットには逆効果だと書かれていた。減らすべきは夕食で、夜八時以降に多量の炭水化物を摂取するのは厳禁なのだと複数の書籍が警告している。逆に朝にしっかり食べても、夜までにカロリー消費するため体重増加に繋《つな》がりにくいそうなのだ。

つまり朝食は我慢しなくてよいのだ。

三葉は父方の遠縁である長谷部《はせべ》伊予《いよ》から、会社近くにあるお店を紹介されたことを思い出した。

そこはスープ専門のダイニングレストランで、普段は昼から夜まで客足の絶えない人気店らしい。その店は毎朝こっそり営業していて、疲れの溜《た》まった客に心休まる極上のスープを提供してくれるというのだ。

伊予の勤務先はターミナル駅に隣接するオフィス街で、近くに古くからある住宅街があった。三葉は両親が離婚した後に、亡き祖父母が生活していたその住宅街にある平屋へ母と二人で転居した。伊予の会社から三葉の現住所までは徒歩圏内なので、スープ専門店も近いはずだった。

これまで何度もダイエットに失敗してきた。主な理由は旺盛な食欲で、食事を制限するとストレスが溜まり、反動で食べすぎてしまうのだ。

だが毎朝満足のいく食事が出来れば、ストレスを溜めないで済むかもしれない。そこで三葉は目覚まし時計のアラームを一時間半早く設定し、スープについて空想しながら眠りについた。

日の出前のオフィス街は暗く、肌寒さを感じた三葉はコートの前ボタンを留めた。時刻は六時半過ぎで、二十四時間営業のチェーン店以外の飲食店は開いていない。普段は交通が激しい四車線の大通りも、いつでも横断出来るくらい車通りが少なかった。三葉の通う専門学校は、自宅から徒歩も合わせて一時間強もかかる遠方にある。始業時間は八時五十分なので、毎日七時半には家を出る必要があった。

スープ屋しずくの店舗情報は、インターネットで検索すればすぐに閲覧出来た。三葉はスマートフォンの地図を片手に歩みを進める。評判の良い店だったが、早朝営業の情報はネット上にも出回っていなかった。

ビルの谷間の暗い路地の先に古びたビルがひっそりと建っていて、その一階部分から暖かそうな明かりが漏れている。ＯＰＥＮと書かれた看板が下げられてあり、三葉は思い切ってドアを開けた。するとドアベルの音に合わせて「おはようございます、いらっしゃいませ」という穏やかな声が聞こえてきた。

カウンターの向こうにすらりとした体形の男性が立っていて、三葉へ丁寧にお辞儀をした。背筋がぴんと伸びたその男性は、伊予が話していた店長の麻野《あさの》だと思われた。麻野が朝営業のシステムを説明し、三葉は促されるままテーブル席に腰を下ろす。今日の日替わりメニューはオニオングラタンスープだった。チーズのカロリーが心配だが、朝なので問題ないはずだ。ライ麦パンとオレンジジュースをテーブルに運び、再び席につく。ジュースを口に入れると、爽やかな甘味と強い酸味が舌に広がった。搾りたての果汁のようなフレッシュさに、寝ぼけた身体《からだ》がいっぺんに目覚める。

ジュースを楽しんでいると、麻野がスープを運んできた。

丸みを帯びた厚手の容器に、スライスされたパンが蓋のように浮かんでいた。表面のチーズに焦げ目がついている。スプーンを入れると大量の湯気と一緒に香ばしい匂いが噴き出し、パンの下から焦茶色のスープと飴《あめ》色の細切り玉葱《たまねぎ》が姿を現した。

熱さに気をつけながらスプーンを口に運ぶ。

「……最高」

とろとろになるまで炒められた玉葱のほろ苦さが、凝縮された甘味と旨味《うまみ》をさらに強調させていた。パンも食べ応えがあり、トーストみたいなカリッとした食感と、スープに浸ってふやけた部分とのコントラストが心地良い。チーズのコクが全体を華やかな味わいにしてくれて、スープとの相性も抜群だった。

ブラックボードに目を遣《や》ると、玉葱の栄養についての解説が記されていた。玉葱に含まれる硫化アリルは神経を落ち着かせるほか、疲労回復や代謝を促すビタミンB１の効果を高める作用もあるそうだ。またケルセチンという成分は脂肪の吸収を抑制する働きもあるらしく、三葉にとって嬉しい食材だった。

食べ進めると、冷えた体がじんわりと温まってくる。スープの旨味に耐えきれず、三葉はパンを二個も追加してしまう。

一つは柔らかな丸パンで、もっちりした食感がたまらない。もう一つは酸味のある黒パンのスライスで、そのままでも充分味わい深かったが、スープにたっぷり浸してから口に放り込むと、うっとりとため息が漏れた。

一度の訪問で三葉はしずくが好きになった。夜に食事を抜くのは精神的に辛いが、翌朝にしずくのスープを味わえるなら耐えられそうな気がした。三葉は翌日以降から、週三回もしずくの朝ごはんに通う常連客になった。


梅の花が散り、桜の花びらが綻びはじめていた。

三葉がダイエットをはじめてから、ひと月が経過していた。寿士たちとのカラオケは盛り上がり、互いの連絡先も交換することが出来た。定期的に遊びに行く約束もしていて、三葉はダイエットの継続を心に誓った。

日曜日の昼過ぎ、三葉は体重計に乗った。数値が一週間前から変化しておらず、三葉は洗面所で肩を落とした。順調に推移していた体重の減少が、ここ数日は明らかに停滞している。

チャイムが鳴り、母の菊乃《きくの》が玄関に向かう足音が聞こえた。

すぐに苛立《いらだ》った声が届き、三葉は玄関を覗《のぞ》き込む。すると三葉の二つ下の妹の香菜《かな》子《こ》が来ていて、母と言い争いをしていた。香菜子は現在、離れた場所にあるマンションで父と一緒に暮らしていた。

「あんたにはまだ早いわよ」

「使ってないんだからいいじゃん」

香菜子は母の所持するブランド品を借りに来たのだろう。母はよく男性から贈り物をもらうため、自宅には高価なバッグや装飾品が保管してあった。

母は若い頃にファッションモデルをしていて、辞めた現在も現役モデルにも負けない体形を保っていた。脂肪がつきにくく筋肉がつきやすい体質らしく、運動も月に何度かのテニスしかしていない。

「仕方ないわね。今回だけ特別よ」

「お母さん、ありがとう！」

母は昔から香菜子に甘く、最終的に必ずわがままを聞いてあげていた。家に上がり込んだ香菜子は居間で立ち止まり、座っていた三葉を驚いた顔で見下ろした。

香菜子とは長い間、仲違《なかたが》いをしている。高校二年の秋以来なので、今年で四年目に突入していた。無視をしていると、香菜子は母専用の衣装部屋へ入っていった。出てきた時には有名ブランドのバッグを手にしていて、再び居間で足を止めた。

「あんたまさか、ダイエットしてるの？」

「それがどうしたの」

香菜子にダイエットのことは話していない。見た目に成果が表れているなら喜ぶべきことだが、三葉の淡い期待を香菜子は簡単に台無しにした。

「似合わないことするなよ。キモいから、ちゃんと鏡見ろって」

頭に血が上り、手元のリモコンを投げつけたくなる。しかし理性で抑えている内に、香菜子は居間から去っていた。

どれだけ痩せても香菜子のようになれないことなど、三葉は痛いほど理解していた。

香菜子は背が高くてスタイルも良く、一方、姉である三葉は平均的な身長で骨太な体格をしていた。姉妹で歩いていると、周囲の視線は必ず香菜子に集中した。

香菜子の顔立ちは母に瓜《うり》二つで、幼い頃から周囲に「将来はお母さんみたいな美人になるね」と褒められていた。また香菜子は生まれつき要領が良く、三葉は不器用で何事にも時間がかかる。後からはじめたことでも、香菜子は簡単に姉に追いついた。

三葉は地道に勉強して、何とか地元の進学校に合格した。香菜子は中学三年時、モデル活動や演劇部の発表などに勉強する暇もない程のめり込んでいた。しかし試験日の三ヶ月前に突然勉強をはじめ、それまでの成績は学年でも下位だったにもかかわらず、三葉と同じ高校に受かってしまった。

社交的な香菜子は男女共に友人が多く、三葉の数少ない友人ともほぼ全員繋がりを持っていた。香菜子は繭子とも連絡先を交換している。繭子がモデル時代の香菜子のファンだったこともあり、三葉の家で鉢合わせてすぐに意気投合していた。

三葉を見送ってから、母が居間に姿を現した。

「本当に香菜子はわがままね。誰に似たのかしら」

母が愚痴をこぼしながら座椅子に腰かける。テレビをつけるとバラエティ番組が流れた。香菜子と口喧嘩をした後、母は必ず寂しそうな表情を浮かべる。

母は三葉に興味がなく、香菜子だけに目をかけていた。

小学校高学年の頃に、母が香菜子をティーンズ向け雑誌のモデルに応募した。合格して以降は、マネージャーとして妹に付きっきりになった。妹がモデル業をはじめてから、母が三葉の授業参観や三者面談に来たことは一度もなかった。

しかし香菜子は大学入学と同時にモデルを辞めた。

両親の離婚が決まった時、香菜子は真っ先に父と住みたいと言い出した。母はずっと香菜子にべったりで、三葉は当然二人が一緒に暮らすと思っていた。その時に母が浮かべた茫然《ぼうぜん》とした表情を三葉は今でも鮮明に覚えている。

「あんた、ダイエットしてたのね」

香菜子との会話が耳に入ったのだろう。ダイエットを開始して以来、母から体形について触れられたのは初めてだった。母は三葉を一瞥《いちべつ》してからテレビに視線を戻した。

「もっと頑張りなさい。不細工なあんたは、これくらい痩せてようやく人並みなの」

液晶画面に映る人気タレントは、枯れ木のように手足が細かった。

「わかってるよ」

三葉には、これまで母から容姿について褒められた記憶が全くない。

決意を新たにした翌週、母方の叔母から宅配便が届いた。

包み紙を開けた瞬間、三葉はうめき声を漏らした。行列が出来ることで有名なラスクの詰め合わせだったのだ。同封された手紙には、年末に有名店へ行ったのでお裾分けだと書いてあった。

「……ちょっとくらいなら」

突然の誘惑に抵抗出来ない。キャラメルチョコがコーティングされているという新作を手に取り、包装ビニールを破く。一口かじると、口溶けの良いほろ苦いチョコとサクサクの食感の組み合わせが絶妙だった。手が止まらず、気がつくと四枚も食べていた。

ふと正気に戻った三葉は小さく悲鳴を上げ、慌ててお手洗いへ向かった。深くため息をつき、洗面所で口をゆすぐ。

顔を洗ってから鏡を見て、三葉は改めて覚悟を口にした。

「絶対にダイエットを成功させるぞ！」

2

「美味《おい》しい……」

花柄があしらわれた陶製の皿に、鮮やかな紅色のスープが盛られている。本日のしずくの朝メニューはボルシチだった。

土臭いような独特の甘さがビーツの味なのだろう。表面に浮かんだサワークリームの酸味が、早朝の寝ぼけた舌を刺激する。一口大の豚バラ肉は適度な弾力があり、噛むと脂の旨味が口に広がった。ウクライナの家庭料理の味は、不思議とひと息つくような懐かしさがあった。

三葉は店内のブラックボードに目を向ける。紅色の元であるビーツは、海外では飲む輸血と呼ばれるほどビタミンやミネラルが豊富だと書いてあった。また美容やダイエットにも効果が期待される一酸化窒素が含まれているそうだ。

「幸せ……。麻野さん、今日のスープも抜群です」

「ありがとうございます。そう言っていただけると嬉しいです」

麻野とは店に通う内に、よくお喋《しゃべ》りをするようになった。

食事を終えた三葉は洗面所へ向かった。流しの脇に花瓶があり、カモミールが活《い》けてあった。三葉は外出用の歯ブラシセットを取り出し、歯を磨きはじめる。

鏡に映る姿は理想とかけ離れていて、三葉は思わず目を逸《そ》らす。週末に寿士たちと遊ぶ予定なのに、一昨日は繭子手作りのチョコケーキを、昨日は叔母が送ってきたゼリーを立て続けに食べてしまった。

三葉は口をゆすいでから、笑顔を作ってみた。まん丸な自分の顔を見ると、三葉はいつも滑稽だと感じる。

「あれ、まだ汚れてる」

歯の表面がうっすらと黄ばんでいるように思えた。三葉はもう一度、歯をブラッシングする。しかしなぜか歯は黄色いままだ。

まだ気になるが、電車の時間が迫っていた。お手洗いを出ると、ちょうどフロアに露《つゆ》が入ってきた。露は店長の麻野のひとり娘で、腰まである黒髪が印象的な女の子だ。朝ごはんをしずく店内で摂《と》ることがあるのだが、始業時間の関係で三葉とは入れ違いになることが多かった。

「三葉お姉ちゃん、おはよう。帰っちゃうんだね」

「そのうち、一緒にごはんを食べようね」

支払いを済ませて店を出る。五月の早朝の太陽は、夏のように勢いが強かった。ビルの谷間から射し込む光で、三葉はかすかな眩暈《めまい》を覚えた。

土曜のボウリング場は騒がしく、会話をするために自然と互いの顔が近づいた。ストライクのたびにハイタッチも出来て、三葉は充実した時間を過ごせた。ただゲームが終わった後に、寿士が恐ろしい提案をした。

「カロリー使ったし、今からスイーツを食べに行こうよ」

近くにケーキ食べ放題の店があるらしく、寿士は割引クーポンまで準備していた。その場にいた全員が賛成し、三葉も同行することになった。

二時間食べ放題という方式で、値段も手頃な店だった。ショーケースにたくさんのケーキが並び、パスタやカレーなども用意してあった。肝心のケーキはスポンジがパサパサな上にクリームも植物性で、お世辞にも一級品とは言い難い。しかし三葉も仲間たちに付き合い、ケーキ数個を胃に収めてしまった。

家に戻った三葉が腹筋をしていると、二十一時頃に母が帰宅した。真っ赤な口紅をつけた母は、おそらく男性とのデートの帰りだと思われた。お手洗いに向かった母は、戻ってきてすぐ三葉に言った。

「トイレから変な臭いがしたわよ。掃除はちゃんとしなさい」

「ごめん、気をつける」

母は一家四人で暮らしていた頃から家事が苦手で、三葉は物心がついた頃から炊事や洗濯、掃除などを担っていた。母は三葉を見下ろし、口の端を持ち上げた。

「あら、多少は痩せてきたようね。その調子で頑張りなさい。油断するんじゃないわよ」

母は背を向け、風呂場へ向かっていった。

三葉は母の言葉に茫然となる。

外見に関して母から肯定的な言葉をかけられたのは、おそらく生まれて初めてだ。気持ちが高揚し、三葉はノルマの倍の数の腹筋運動をこなした。

自室で勉強している間も、母に褒められたことが三葉の心を占めていた。

母の半生について叔母から聞いたことがあった。母は幼少時から容姿に優れ、周囲の大人や男子からちやほやされ続けてきた。高校在学中にスカウトされ、ファッションショーへの出演や雑誌のグラビアを飾るなど華々しい活躍をしたそうだ。

だが母は二十代半ばでモデル業を引退することになる。己を美しく見せる技術を学ばなければ競合相手に勝てないし、日々変化する流行の最先端に立ち続けるには勉強は欠かせない。母は努力の仕方を知らず、モデルを続けることが出来なかった。

しかし母の転身後の行動は素早かった。周囲の男性で最も稼ぎの良かった父と結婚し、専業主婦になり三葉と香菜子を産んだ。

大企業の幹部の妻として順風満帆な生活を送るはずだったが、母は主婦としての生活に飽きたらしい。徐々に夜遊びが増え、服装も派手になっていった。そして香菜子の高校卒業を機に正式に離婚が決まった。現在は知り合いだという四十代の男性の経営する会社で、秘書として働いていた。

卓越した美貌だけを武器に母は人生を渡り歩いてきた。そのため香菜子のように美しくない三葉を、気の毒な娘だと思っている節があった。

『せめて家事くらいは出来ないとね』

子供の頃から母が三葉に繰り返してきた言葉だ。専門学校への進学も、手に職をつけなさいという母のアドバイスに従って決めた。優れた容姿を持たない長女は、家事の技術や資格がないと生きていけないと母は考えているのだ。

母は美しい自分と、自分の生き写しである次女にしか興味がない。

「……あれ？」

気がつくと台所にいて、扉の開いた冷蔵庫の前に座っていた。口の中に甘い味が残っていて、床に菓子パンの包装ビニールが落ちていた。暗い台所を、冷蔵庫の弱々しい明かりが照らしていた。

五月も終わりに近づき、木々の緑は色を深めていた。三葉はダイエットを継続していたが、繭子のお裾分けなどの甘い誘惑に何度も敗北していた。

叔母は定期的に宅配便を送ってきてくれた。中身はハムや野菜、レトルトカレーなど多岐に亘《わた》る。塩辛い食べ物であれば三葉も我慢出来たが、たまに送られるスイーツにはどうしても手が伸びてしまう。

その日は朝から動くのが億劫《おっくう》で、寝坊をしてしまった。スープ屋しずくへ行くはずだったのに、普段登校する時刻に目が覚めた。

三葉は半月ほど体調を崩しており、生理も遅れていた。しずくへ行くと一時限目に間に合わない可能性があったが、前日からの楽しみを先延ばししたくなかった。そこで遅刻覚悟でしずくのドアをくぐった。

テーブル席に座り、深く息を吐く。胃の調子は悪かったがコーヒーを口にした。カフェインに脂肪燃焼効果があるため、なるべく飲むようにしていた。

スープを待っていると、厨房の奥から露が顔を出した。手招きすると、露は三葉の目の前に座った。

「おはよう、露ちゃん。ようやく一緒にごはんを食べられるね」

「そうだね。あれ、三葉お姉ちゃん、怪我《けが》したの？」

「う、うん。ちょっとね」

露が手の甲を見て首を傾げたので、三葉は思わず腕を引く。三葉の手の甲には絆創《ばんそう》膏《こう》が貼ってあった。露が無言のままじっと見つめてきて、思わず視線を逸らした。

「お待たせしました」

麻野が夏野菜と鶏肉のミネストローネをテーブルに運んだ。

しずくで使われるトマトは旨味が強く、それと同じくらい酸味が鮮烈だった。味の輪郭がはっきりしていて、三葉の大のお気に入りだった。また、トマトに含まれるリコピンはダイエット効果があることで有名で、薬局でもサプリメントがたくさん置かれていた。

露がスープを口にすると、途端に目尻が下がった。その反応に期待が膨らみ、三葉も早速口に含んだ。

「あれ……」

トマトの味や鶏の旨味、塩加減までもが、水で薄めたように物足りない。

反応を不審に思ったのか、露が不安そうな顔を浮かべる。そこで三葉はとっさに笑顔を繕った。

「やっぱり、露ちゃんのお父さんは料理の天才だね！」

露が照れくさそうにうなずき、食事を再開させた。三葉は鶏肉を噛みしめるが、やはり味がいつもより薄かった。

素材の質を落としたか、三葉のものだけ調理に失敗したのだろうか。だが言い出す勇気が持てず、黙ったまま味の薄いスープを食べ進めた。

専門学校での昼休み、三葉はお茶とクッキータイプの栄養機能食品を鞄《かばん》から取り出した。夕食は抜く予定なので、今日最後の食事になる。お喋りしながらのランチを終えたところで、繭子が手作りのマカロンを机に並べた。

「見てくれは悪いけど、味は保証するよ。ほら、ふくちゃんもどうぞ」

緑や茶、黄色などのカラフルな色合いが食欲を刺激する。友人たちはマカロンをかじりながら、「これ、チョコ味だね」とか「何の味かわかんないなあ」などと感想を言い合っていた。

「ごめん。今日は止《や》めておく」

「体調でも悪いの？」

「実は今、ダイエット中なんだ」

繭子たちが目を丸くさせ、互いに顔を見合わせてから一斉に笑いはじめた。

「ふくちゃん、何言ってるの？　全然減らすとこないじゃん」

この手の社交辞令が苦手なため、三葉はダイエットについて秘密にしていた。繭子がマカロンを三葉の前に差し出した。

「一緒に食べようよ。自信作なんだ」

「いらないってば！」

三葉が腕を払うと、マカロンが宙を舞い床に落下した。

「あっ、ごめん……。ちゃんと食べるから」

最近、三葉は頭に血が上りやすくなっていた。慌てて床に手を伸ばすが、先に藺子に拾われてしまう。

「いいって。こっちこそ強引に勧めてごめんね」

三葉の反応に驚いているようだったが、藺子はいつもと変わらない笑顔を向けてくれた。しかし表面の潰れたマカロンはゴミ箱に捨てられてしまった。

程なくして予鈴が鳴り、講師が教室に入ってきた。すぐに校舎から逃げ出したかったが、三葉は教室に残って授業に耳を傾けた。最後の講義が終わるとすぐ、三葉は急ぎ足で校舎から立ち去った。

自宅近くの駅前に到着した時点で、強い疲労感に襲われた。手近なカフェに入ってコーヒーを注文し、目を閉じながら深呼吸をする。そこで大きな笑い声が響き、三葉は聞き覚えのある声に気づいた。

「調子に乗ってビッグパフェなんて頼むなよ。手が止まってるぞ」

背中越しに寿士の声が聞こえたが、三葉には気づいていないようだ。声をかけるか迷ったが、初対面だと思われる男性がいる場所に飛び込む勇気はなかった。

「もう飽きたんだよ。残りは寿士が食えって」

「ふざけんな。甘いものは嫌いなんだよ」

三葉は耳を疑った。甘いものが苦手なら、なぜケーキの食べ放題へ行くことを提案したのだ。あの日の寿士は軽食を中心に食べていたが、ケーキも平然と口にしていた。

続いて恋愛の話題になり、三葉は息を潜める。コーヒーが来ても飲む余裕はなかった。寿士は友人たちから、最近デートをした相手について問い詰められていた。

「福田香菜子って中学の頃から有名だよな。どうやって誘ったのか教えろよ」

「秘密だって言ってんだろ」

血の気が失せ、三葉は両手で顔を覆った。寿士たちは下品な冗談を交え、香菜子がいかに可愛《かわい》いかを語りはじめた。香菜子とのデートは一度だけで、交際はしていないらしい。だが寿士は「絶対落としてやる」と自信満々に宣言していた。

ふいに寿士が笑いを堪《こら》えるような口調で言った。

「そういえば香菜子の姉と会ったんだけど、これがマジですげえんだよ。写真あるんだけど、ほら、見てみろよ」

「どれどれ」

わずかな沈黙の後、寿士たちが一斉に盛り上がった。

「こんなのが香菜子ちゃんの姉なの？」

「体型がマジでやばいな。これを連れ歩くのは無理だろ」

吐き気がこみ上げ、三葉はトイレに駆け込んだ。便器に嘔吐《おうと》するが胃液しか出なかった。何度も咳《せ》き込みながら十五分程籠もり、席に戻ると寿士たちは退店していた。

会計を済ませ路上に出ると、通行人たちに見られている気がした。三葉は何度も休みながら、覚束《おぼつか》ない足取りで自宅にたどり着いた。

3

高校生の時に憧れの先輩がいた。いつも遠巻きに眺めていたが、ある日突然先輩から話しかけてくれた。映画に誘われたことで舞い上がり、焦った三葉は香菜子に相談した。

香菜子は姉の服装に駄目出しをして、一緒に買い物に出かけて流行のファッションを買い揃《そろ》えた。デートは会話も弾まず映画にも集中出来なかったが、三葉にとって夢のようなひとときだった。唯一、先輩が香菜子に関する質問ばかりするのが気になった。

数日後、三葉はある噂《うわさ》を耳にする。憧れの先輩は香菜子に気があり、しつこく口説いていたが相手にされていなかった。それでもアプローチする先輩に、香菜子は自分とデートをする代わりに『三葉を映画に誘う』という条件を提示したというのだ。半信半疑で問い詰めると、香菜子はあっさり認めた。真意を訊ねると、香菜子は悪びれずに答えた。

「だってお姉ちゃんは、先輩のことが好きなんでしょう?」

子供の頃、香菜子はひどく怖がりだった。不安になると三葉の背中に隠れ、怒ったみたいに顔を強《こわ》ばらせた。

母をはじめとして、大人たちはそんな香菜子を可愛がり続けた。次第に香菜子は笑顔を振りまくようになり、周囲はますます香菜子をちやほやするようになった。

三葉も負けないように、笑顔を練習したことがあった。だがその現場を母に見られ、「無駄なことをしてるわね」と大笑いされたことで、香菜子の真似《まね》は諦めた。年を追うごとに輝きを増していく香菜子を、三葉は日陰からじっと眺め続けた。

三葉の欲しいものは、全部香菜子のものだった。

「余計なことをしないで！」

大声で叫ぶと、香菜子は三葉を睨んできた。

それ以来、三葉は香菜子と距離を置くようになった。会話は最低限で済ませ、二人で撮った写真やプリクラも捨てた。修学旅行のお土産も拒否し、香菜子に関わる全てを避けるようになった。


寿士とカフェで遭遇した翌日、三葉は全身の怠《だる》さで学校を休んだ。昼過ぎに起床してテレビをつけると、気象予報士が梅雨入りを発表していた。

三葉は戸棚の奥から、叔母から送られてきたパウンドケーキの詰め合わせを取り出した。やけ食いをしようと考えたが、体重計の数字が頭に浮かび手が動かなかった。

チャイムが鳴ったので玄関に向かうと、冷凍の宅配便が届いた。伝票に叔母の名を確認し、荷物を落としそうになる。中身はロールケーキで、デパートの地下に行列の出来る人気の品だった。三葉は台所へ走り、ゴミ箱へ押し込んだ。叔母に電話をかけると、数回の呼び出し音の後に電話に出た。

「叔母さんひさしぶり。ロールケーキが届いたよ」

「良かったわ。気に入ってくれたかしら」

「ありがたいけど、もう二度と送ってこないで。特に甘いものは絶対にやめて」

「口に合わなかった？」

「ダイエット中だから困るの」

わずかな沈黙の後、叔母が含み笑いをした。

「何を言っているの。若いんだから食べても平気よ。叔母さんなんて、少し食べただけですぐ体にお肉が……」

「いらないって言ってるでしょ！」

小さいころから母のわがままに振り回されていた叔母は、三葉に優しくしてくれた数少ない親戚だ。だからこそ好意を無碍《むげ》にしたくなかったが、これ以上食品を送られるのは耐えられない。

叔母の戸惑いが電話越しに伝わってくる。叔母は謝罪を口にして、二度と食べ物を送らないと約束してくれた。

電話を切ろうとしたところで、叔母が訊ねてきた。

「香菜子ちゃんとは仲良くしてる？」

「……どうしてそんなこと聞くの」

妹との不和について、親戚の前では隠していたはずだった。

「特に意味はないわ。別々に暮らしているから気になっただけよ」

叔母は慌てたように電話を切った。

三葉は冷蔵庫を漁り、野菜スープを作る。肉類は入れず、油分を摂取しないよう具材も炒めない。塩味のスープは味気なく、顔をしかめながら胃に流し込んだ。

夕方、寿士からメールが来た。笑われた瞬間の恐怖が蘇り、メールを開けるまで時間がかかった。ようやく文面を読んで、三葉は軽い眩暈を感じた。

『来週、みんなで飲みに行こうよ。和スイーツが人気の居酒屋なんだ。ふくちゃんも甘いものが好きだったよね』

写真を嘲笑《あざわら》い、連れ歩くのが恥ずかしいと馬鹿にしたのは昨日の出来事だ。

次の瞬間、香菜子の顔が脳裏に浮かんだ。震える指で寿士の電話番号を呼び出し、通話ボタンを押す。数回のコール音の後、電話が繋がった。

「今、電話大丈夫かな」

「あ、ふくちゃん。メール読んでくれた？」

爽やかだと感じた寿士の声を、今では軽薄なだけに感じる。

「私を誘うと、香菜子がデートをしてくれるのね」

「えっ」

狼狽《ろうばい》したような反応に、三葉は指摘が正しいことを確信する。

「香菜子から何て言われたの？」

「な、何の話だよ。予定は後でメールするから、来れるようだったら返信してよ」

取り繕うのは無理だと判断したのか、寿士は慌てた様子で通話を打ち切った。

叔母は何度も食べ物を送りつけ、唐突に香菜子との仲を訊ねてきた。寿士は香菜子とデートをするため、三葉をスイーツの店に連れていこうとしている。どちらも香菜子とお菓子が関係している。そして三葉はもう一人、同じ条件に合致する人物に心当たりがあった。


空は重そうな灰色で、小雨が静かに降っていた。駅から徒歩圏内にあるビル一棟が三葉の通う専門学校だった。三葉は昨日、繭子に始業前に来るようメールを送信した。一限開始の四十分前に校舎の前で待っていると、傘を差した繭子が姿を現した。

繭子を促し、エレベーターで最上階へ向かう。一限目に最上階の教室は使われないため人の気配はなかった。蛍光灯は消えていて、窓からのわずかな太陽光だけが廊下を照らしている。三葉は繭子を真っ直ぐに見据えた。

「最近お菓子を何度も持ってくるのは、香菜子に頼まれたからだよね」

返事はなかったが、繭子の顔が強ばった。繭子は三葉の家に遊びに来た際に、香菜子と互いの連絡先を交換していた。

「繭子だけじゃない。中学の同級生や親戚にも香菜子は同じことを頼んでいるの」

寿士との関係を知られた経緯は不明だが、顔の広い香菜子は三葉の友人とも交流がある。ＳＮＳを通じて三葉が寿士たちと遊びに行ったことを知り、中学時代の知り合いを介して連絡を取った可能性は充分考えられた。

「……ふくちゃん、ごめん」

繭子は力なくうつむき、香菜子の指示であることを認めた。

四月上旬頃に、香菜子から突然メールが来たらしい。内容は定期的に食べ物を作り、三葉に食べさせてほしいという依頼だった。四月初頭は、自宅で香菜子と最後に顔を合わせた時期にあたる。

「どうしてそんな頼みを引き受けたの？」

「そんなの、心配だからに決まってるじゃない」

頭の中が真っ白になった。

「心配でどうしてお菓子を食べさせるの！」

これ以上繭子と一緒にいたくなくて、エレベーターに乗り込んだ。入ってこようとする繭子を拒絶し、一階まで降りてから校舎を飛び出る。登校途中のクラスメイトとすれ違ったが全て無視した。

何度も休憩を取りながら、香菜子の住むマンションに到着する。朝からの雨は霧雨《きりさめ》に変わり、全身にまとわりついた。

一階エントランスで部屋番号を押し、チャイムを鳴らす。不在なら出直すつもりだったが、香菜子はマンションにいた。名乗ると、オートロックの自動ドアが開いた。

玄関の鍵は開いていて、リビングに進むと香菜子がソファに座っていた。着替えも化粧も済ませていて、不機嫌そうに眉間にしわを寄せている。

「こんな朝早くから何の用事よ」

「繭子も寿士くんも叔母さんも、全部あんたの仕業だったのね」

香菜子は唇を尖《とが》らせ、肩を竦《すく》めてからため息をついた。

「ばれちゃったか」

「目的はなんなの」

「お姉ちゃんの体重を増やすために決まってるでしょ」

薄々予想はついていたが、実際に言葉に出されると衝撃は大きかった。

「どうして私を太らせようとしたの」

香菜子は眉を大きく上げてから、三葉を鋭く睨みつけた。

「何を言ってるの。これが理由よ」

香菜子がテーブルに置いてあった手鏡を掴み、三葉の面前に掲げた。

子供の頃から大嫌いな、吐き気がするほどまん丸な顔が映し出された。香菜子は険しい表情なのに、それでも見惚《みと》れるくらいに美しかった。

香菜子みたいに生まれたかった。そうすれば、きっと誰もが愛してくれた。母だって、三葉を見てくれた。

「……ひどいよ」

喉から漏れる声は震え、香菜子の姿がぼやけていく。

「こんなにもデブな私に、どうしてこんなことを。そんなに私が嫌い……？」

滲《にじ》む視界の先で、香菜子の顔が歪《ゆが》んだような気がした。

三葉は駆け出し、背後からの呼びかけを無視してマンションの外まで走った。雨は強くなっていたが、三葉は傘も差さずに走った。惨めな気持ちが渦を巻き、涙が溢れて止まらなかった。

自宅に戻った三葉は部屋に籠もった。母はドア越しに夕食を作るよう三葉を叱りつけたが、無視していると外出していった。何も口に入れないまま朝を迎え、三葉はしずくに向かった。昨日からの雨は止まず、しとしとと降り続けていた。

「おはようございます。いらっしゃいませ」

麻野がいつもの笑顔で出迎えてくれて、三葉は肩の力が抜けるのを感じた。ブイヨンが香る店内に、野菜を炒める音が響く。

今日の朝ごはんはかぼちゃのポタージュだった。席に座ると、オレンジ色のスープが充ちた木製のスープ皿を運んでくれた。

木で出来たスプーンを差し入れると、かぼちゃの甘い匂いと一緒に、ナツメグの香りが立ち上った。三葉は思わずつばを飲む。スプーンを持ち上げると、表面にあしらわれた線状の生クリームが崩れた。

その瞬間、三葉の手が止まった。

「かぼちゃは苦手ですか？」

異変に気づいた麻野が声をかけてくれたが、三葉は目を閉じて首を横に振った。

「ごめんなさい。私には食べられません。私はデブだから。食べたらもっと太っちゃう」

生クリームを摂取すれば脂肪に変わる。厨房の奥からコトコトと、鍋を煮込む音が聞こえた。麻野が小さく息を吸った。

「……どうしても食べられませんか？」

顔を上げると、麻野が真剣な眼差《まなざ》しを三葉に向けていた。

「無理です。食べたくありません」

「難しいのであれば、少しだけお話をしませんか」

「どうしてそんなことをする必要があるのですか」

「お話をすれば気分転換にもなって、きっと食欲も――」

麻野からも食事を促され、三葉は泣き出しそうになる。

「食べたくないって言ってるじゃないですか。どうしてみんな、私を太らせようとするの」

テーブルに両手を叩《たた》きつけると、揺れた皿からポタージュがこぼれた。

「私は今、三十八キロもあるのに！」

唐突に、宙に浮くような感覚に襲われた。平衡感覚を失い、スープ皿が目前に近づいてくる。その直後、三葉は意識を失った。

4

目を開けると、露が三葉の顔を覗き込んでいた。露が顔を明るくさせる。三葉の手を握っていて、小さな手のひらから温かさが伝わってきた。

三葉は、麻野の自宅のソファに寝かされていた。

気を失う瞬間、誰かに抱きとめられた記憶があった。麻野が腕を伸ばして支えてくれたのだと思われる。壁の時計を確認すると、意識を失ったのは三十分程度だとわかった。

露はランドセルを背負い、三葉へ手を振った。

「早く元気になってね」

そう言い残し、露は部屋を出ていった。入れ替わるように麻野が様子を見にやってきて、テーブルの上に水の注がれたコップを置いた。

「店にいますので、ゆっくり休んでいてください」

三葉は目を閉じ、再び気がついた時には一時間が経過していた。三葉はコップの水を飲んでから、ゆっくり立ち上がった。

部屋の中央に小さなテーブルがあり、暖色の照明が部屋を照らしていた。壁際には本棚が並んでいて、料理に関する資料がたくさん収められている。飾られた写真立てに、麻野とセミロングの髪の女性が並んで写っているのが見えた。

隣に映っているのは麻野の妻だろうか。気になったが、プライベートを覗き見することに気が引けてすぐに顔を逸らした。

階段を降りて店を覗くと、麻野はフロアの掃除をしていた。朝営業の時間はとっくに終わっていた。

「もう動かれても平気ですか?」

「大丈夫です。それよりも、ご迷惑をおかけしました」

麻野に対し頭を下げる。すると麻野は三葉以上に深く頭を垂れた。

「僕こそ福田さんの気持ちを考えず、追い詰めるような真似をしたことを謝ります。申し訳ありませんでした」

「そんな、やめてください」

麻野がゆっくりと頭を上げた。そして三葉にテーブル席に着くよう促し、自らも正面に腰かけた。麻野から真っ直ぐ見つめられ、三葉は思わず顔を逸らす。

「……やはりお話しさせていただきます。ショックを受けるかもしれませんが、僕は福田さんが摂食障害ではないかと疑っています」

名前くらいは聞いたことがあるが、ニュース番組の特集で見た程度の知識しかない。

「あの、どうして私が摂食障害だと？」

「理由は色々あるのですが」

麻野はそう前置きして、摂食障害の説明をはじめた。

摂食障害は体重に過度なこだわりを持つことで、食事行動に影響を及ぼす心の病らしい。主に過食症と拒食症があり、十代から二十代の女性に多いそうだ。

「拒食症の人は食事量を限界まで減らすことで、体重が極端に低下します。そのせいでホルモン異常になり、不眠や体の怠さ、生理不順などが起こります」

三葉も最近眠ることが出来ず、生理も不安定だった。

「他にも栄養不足によって、様々な症状が発生します。亜鉛不足による味覚障害もそのひとつです。最近、当店のスープが口に合わなかったように見受けられました。おそらく露とミネストローネを召し上がったあたりから、その症状が表れていたのではないでしょうか。福田さんがスープの味に疑問を感じていることは、露から聞いておりました」

ここ最近、食事の味をおかしいと感じることが多く、その状況は露とミネストローネを食べた時期からはじまった。

麻野の指摘は的を射ていたが、三葉は首を横に振った。

「拒食なんて信じられません。だって私は、お菓子をたくさん食べています」

叔母や繭子からの洋菓子も我慢出来なかったし、食べ放題でもケーキをたくさん口にした。ストレスが溜まり、夜中に冷蔵庫を漁ったことも一度ではない。

「過食と拒食は相反する症状だと思われがちですが、二つが同時に起こることもあり得ます。その場合、食べて吐くのを繰り返す過食嘔吐をすることがあります。その際に、手に吐きダコと呼ばれる傷が出来る場合があります。絆創膏についても、露から聞いています」

三葉はテーブルの下で右手の甲を左手で覆った。露から心配された日以降もずっと、手の甲には絆創膏が貼られ続けていた。

食事制限が続くとストレスが溜まり、我慢の限界に達した時点で食べ物を一気に口にしてしまう。しかし満腹になった時点で猛烈な後悔に襲われる。

栄養を吸収したら太ってしまうという恐怖を前に、取るべき行動は一つしかない。胃の内容物を吐くのだ。

三葉は喉の奥に指を突っ込み、何度も嘔吐を繰り返した。右手を口の奥に押し込む際に歯が手の甲を傷つけるため、絆創膏が欠かせなくなった。

母から以前、トイレの臭いを指摘されたことがあった。あの少し前に、三葉は食べ放題で食べたケーキを便器に戻した。そのためトイレに胃液や内容物の臭いが残っていたのだ。おそらく歯の黄ばみも嘔吐が原因なのだろう。頻繁に胃酸に触れれば、歯だってまともな状態ではいられないはずだ。

「ただ福田さんほどお痩せになれば、周囲の人間は誰でも心配します」

麻野から痩せていると言われても、三葉は納得出来なかった。

ＢＭＩ指数と呼ばれる体重と身長から算出される数値があり、身長が百五十七センチである三葉の場合は五十キロくらいが健康的な数字とされていた。

しかしモデルを職業とする女性の体格を基準に計算すると、三葉の場合は四十キロを下回らなければならない。さらにモデルと呼ばれる人種は、香菜子や母のように生まれつき整った顔立ちやスタイルを持っている。だから三葉は、人一倍痩せなければ母に認めてもらえない。そのため三葉は、さらにダイエットを進めようとしていた。

話を終えた麻野は再び三葉の顔を正面から見据えた。

「勝手な説明をしましたが、あくまで僕は素人です。治療に関しては専門家に相談することをお勧めします。どうか医者にかかってくださるようお願いします」

麻野が立ち上がり、カウンターの裏に移動した。戻ってきたときには皿を手にしていて、かぼちゃのポタージュを三葉の前に置いた。

「無理でしたら、お食べにならなくても構いません」

「どうして麻野さんは、摂食障害についてそんなにお詳しいのですか」

「……かつての知り合いにいたもので」

目を逸らした麻野は、何かを隠しているように思えた。

三葉は改めて、ポタージュに向き合った。先程と異なり生クリームはあしらわれていない。スプーンを沈めると、濃度が薄まっていることに気づく。

三葉は深呼吸をしてから、意を決してスープを口に入れた。

スープは熱さを感じさせない程度に冷まされていて、口当たりはさらっとしていた。かぼちゃだとはわかるが、細かい味は感じられない。

ふいにスプーンを持つ手が目に入る。

三葉自身には、余計な脂肪がついているようにしか見えない。しかし麻野や繭子たちからすれば、心配になる程に痩せこけている状態なのだろうか。

三葉は目を閉じて、想いを吐き出した。

「病院には行ってみます。でも、痩せたいという気持ちが抑えられるとは思えません」

「抑える必要はありませんよ」

三葉が目を開けると、麻野は微笑を浮かべていた。

「痩せたいと考えるのは当たり前で、自然な感情です。僕も体形を保つため、定期的に運動をしています。問題は、太るのを過剰に恐れることですよ」

痩せたいと考えるのは当たり前。

麻野の言葉で、心が少しだけ軽くなったような気がした。

三葉はポタージュを三分の一だけ飲んで、自宅に戻ることにした。麻野は店の出入り口まで三葉を見送ってくれた。外に出ると雨は止んでいて、アスファルトに出来た水溜まりが、薄明るい空を写し取っていた。


自宅の玄関を開けると派手なサンダルが脱ぎ捨ててあり、一目で持ち主がわかった。家に上がると香菜子が居間に座っていた。

「どうしてここにいるの」

「学校に来ないって繭ちゃんから連絡が来たから。繭ちゃん、電話口で泣きそうだったよ」

三葉も居間に腰を下ろすが、香菜子は不機嫌そうに唇を噛んでいた。祖母の代から使っている壁掛け時計が、秒針の音で時を刻んでいる。

沈黙を破ったのは香菜子だった。

「お母さんにバッグを借りに来たとき、急に痩せていてびっくりしたんだ」

「あの時、私のことをキモいって言ったよね」

「だって本当にすごかったんだもの。見るからに不健康で、怖くなって……」

ダイエットを開始した時点で、三葉の体重は五十六キロだった。BMI値では普通体重に当たるが、世間ではぽっちゃりと言われる体形だ。

そのためBMI値など信用出来ないと思った。三葉はダイエットに励み、一ヶ月半で十キロ以上体重を落とした。香菜子と会った日の時点で、四十五キロになっていた。

あの日、香菜子は家に帰ってから母の携帯電話に連絡をしたらしい。そこで母は痩せるのは当然だという態度を取り、香菜子は自分で何とかしなければいけないと考えたそうだ。

香菜子はまず叔母や繭子に協力を要請した。それから三葉の近況を調べる内に寿士の存在に気づき、利用することを思いついた。

「どうしてそんな回りくどい方法を取ったの」

「私が直接何かしようとしても、絶対に拒否したでしょう。高校の頃から、ずっと私を避けていたよね」

指摘通り、香菜子から食べ物を差し出されても三葉は口をつけなかっただろう。

香菜子は自身がやったことを告白しはじめた。

お菓子を中心に食べさせようとしたのは、三葉が甘いものに目がないからだそうだ。しかし栄養の偏りが心配で、叔母からは洋菓子以外も送ってもらうよう頼んだらしい。

急に香菜子が、肩を小刻みに震わせはじめた。

「お母さんはおかしい。お姉ちゃんが急に痩せたのに、どうして何も言わないの！」

母の美に対する基準は一般とかけ離れている。三葉の体形に関しても、標準体重かららさらに痩せるよう煽《あお》った。

香菜子は母への不満を続けた。

「私はお母さんのお人形だった。お母さん好みの洋服だけを着せられ、モデルになることも逆らえなかった。お母さんに束縛されて、毎日が窒息しそうだった。離婚が決まった時、逃げ出すチャンスだと思った。だから私はお父さんについていったの」

香菜子が三葉の腕を摑み、宝石みたいな両目から大粒の涙をこぼした。

「ずっと、お姉ちゃんに憧れてた」

香菜子の突然の告白に、三葉は耳を疑った。

「私はいつもこらえ性がなくて、何でも長続きしなかった。愛想を振りまくことしか出来なくて、心を許せる友達なんていなかった。でもお姉ちゃんは、みんなからふくちゃんって呼ばれて慕われてた。何度失敗しても、絶対に諦めないでやり遂げる強さを持っていた」

三葉はずっと、香菜子みたいになりたかった。それなのに、姉妹で同じことを考えていたなんて想像もしていなかった。

「高校の時だってデートをすれば、先輩は私なんかよりお姉ちゃんを選ぶと思ってた。でもそれでお姉ちゃんが怒るなんて、全然考えてなくて……」

三葉はふいに、幼かった頃を思い出した。怖《こわ》がる香菜子はいつも、怒っているみたいに顔を強ばらせた。三葉へのこれまでの態度は、怯えていただけだったのかもしれない。

「私のことなんか嫌っていい。でもお願いだから、それ以上痩せないで。どうかちゃんと、ごはんを食べて……」

涙を流し続ける香菜子を、三葉は包み込むように抱きしめた。

「わかったよ。お願いだから、泣き止んで」

憧れていた香菜子より、三葉の体はずっと細くなっていた。三葉の上着に涙が染み込む。昔のように頭を撫《な》でると、香菜子のすすり泣きが部屋に響いた。

二ヶ月後、三葉は香菜子をしずくの朝ごはんに連れてきた。

香菜子は高校時代からの距離を埋めるように、三葉の家に入り浸っていた。だが夏休みが長期に亘る大学生と違い、専門学校の夏期休暇は二週間程しかない。香菜子は昨夜も家に泊まったのだが、三葉は今日から授業だ。そこで三葉は夜更かしした妹を叩き起こし、とっておきの店に案内したのだ。

香菜子は持ち前の明るさで、店にいた理恵《りえ》や露たちとすぐに仲良くなった。そんな姿を見ても、三葉は嫉妬心を抱かなくなっていた。

日替わりスープは小松菜と豆乳の冷製ポタージュだ。ほのかな苦みが食欲をそそり、香菜子も気に入ってくれたようだった。小松菜はカルシウムが豊富で、ダイエット時に陥りやすい骨粗鬆症《こつそしょうしょう》を防ぐらしい。さらに豆乳に含まれるイソフラボンは、崩れがちなホルモンバランスを整えてくれるそうだ。

麻野の助言通り、三葉は心療内科でカウンセリングを受けるようになった。それと同時に三葉は、自ら書籍を当たって摂食障害になりやすい人物像を調べはじめた。

まず体重を気にする人が多いため、男性より女性のほうがなりやすいとされていた。

その他に、自尊心の極端な低さが摂食障害を引き起こすと考えられていた。自分は駄目だと思い込むせいで容姿に過度な嫌悪を催し、正常でない食事行動に走るというのだ。

その原因として、家族関係に問題を抱えているケースが多いという。例えば子供を支配しようとする親に育てられ、不自然なまでに聞き分けの良い子に育った場合にも、摂食障害になる確率が高まるらしかった。

母との関係は改善されていない。一度香菜子を交えて三人で話し合ったが、母は娘たちの主張が理解出来ないようだった。これまでの不満を訴えても、「そんなことない」「気のせいだ」「私の育児は完璧だった」と聞き入れてくれなかった。

母は自分が正しいと信じ切っている。考えを変えることは不可能なのかもしれない。

ただ三葉は、互いを完全に理解する必要はないと考えるようになっていた。親子といっても別の人間であり、価値観が合わないこともある。それは愛情の有無とは関係ない。娘たちが思い通りにならないことに母が拒否反応を示すこともあるだろうが、親離れ、子離れには必要な痛みなのだろう。

「美味しいね、お姉ちゃん」

危険な状態まで減少した体重は、あと少しでＢＭＩ値における〝やせすぎ〟から

〝やせぎみ〟まで回復しそうだ。太ることへの恐怖心は完全には消えていないが、徐々に標準体型まで体重を増やしていこうと考えている。

香菜子に笑顔を返し、三葉もスープをすくった。淡い緑のポタージュは喉を通り、体の隅々まで染み渡るような気がした。

暗い部屋で少年はひとり

柊サナカ

柊サナカ　（ひいらぎ・さなか）

1974年、香川県生まれ。第11回『このミステリーがすごい！』大賞・隠し玉として、『婚活島戦記』にて2013年デビュー。他の著書に『人生写真館の奇跡』『古着屋・黒猫亭のつれづれ着物事件帖』「谷中レトロカメラ店の謎日和」シリーズ（以上、宝島社）、「機械式時計王子」シリーズ（角川春樹事務所）、「二丁目のガンスミス」シリーズ（ホビージャパン）、「天国からの宅配便」シリーズ（双葉社）、『お銀ちゃんの明治舶来たべもの帖』（PHP研究所）、『ひまわり公民館よろず相談所』（KADOKAWA）などがある。

寒い日が続いていたが、その日は少し暖かくて、来夏《らいか》はほっとしていた。おやつのシベリアパンも二つ買い込んだ。谷中銀座《やなかぎんざ》へ向かう七面坂《しちめんざか》の分かれ道のところ、ドッグカフェのドッグランに、まだ小さい柴犬が放されていて、来夏がちちち、と呼ぶと、尻尾を振ってくれた。夕やけだんだんを下りると、食べ歩きを楽しむ人たちの群れが見える。みんな着ぶくれてなんだかもこもこしている。コロッケを片手に持った人、というのはなぜあんなに幸せそうに見えるのだろう。

仕事にも少し慣れてきた。帳簿の付け方もだいたい覚え、フィルムなどの消耗品の販売なら、来夏だけでも対応ができるようになった。

今宮《いまみや》はいつもの通り、来夏が来ると挨拶と仕事の指示を出し、「では今日もお願いします」と静かに言って奥の工房に籠もる。

しばらくして、コーヒー豆が切れそうだと気がついた。すぐ近くにある自家焙煎《ばいせん》のコーヒー豆を今宮が気に入っており、買っておこうかと思って工房に声をかける。

返事がないので、そっと扉を開けてみる。手元に集中しきっている横顔が見えた。わさわさの髪を一本に縛っている。集中を途切れさせるのも悪いかと思って、そのまま戸口で待つ。

指先に迷いがなく、みるみるうちに部品を外していく。指先の動きは早送りの映像のように速いが、雑なところがひとつもなく、あるべきところにあるべきものがぴたりと収まるような正確さを感じる。修理のためにカメラを分解しているようだった。

はっと気付いて、今宮がこちらを見た。ねじ回しのような道具を片手に、無言で固まっている。

「あの」

「あの」

同時に言って同時に黙る。

「全然、気付かなかったです」

「いえ。今、声をかけたら悪いかなと思って。タイミングがよくわからなくて。すみません」

コーヒーの件を話すと、あとでおつかいに行くよう頼まれる。

今宮の手元にあるのは途中まで部品が外されたカメラだった。手のひらに載るような小ぶりなもので、ひどく古びている。

「それ、写――」

写るんですか、と間抜けなことを言いかけて黙る。写るのだから直しているのだろうし、中古カメラ屋でそんなあたりまえのことを口に出して言うのも失礼だろうと思った。

今宮が笑みを浮かべる。

「ちゃんと写りますよ。これはピクニーっていう、日本製で宮川製作所《みやがわせいさくじょ》っていうところのカメラです。一九四〇年ごろに作られたものなんですが。中、見てみますか」

近くに寄ってみる。見せてはもらったものの、内部機構は複雑だった。何だかよくわからないくらいにひとつひとつの部品が細かく組み合わさっている。

「このカメラ、三越《みつこし》デパートで売られていたそうですね。持ち主は、このカメラを買って、嬉《うれ》しくて一番に家族とかを撮ったかな」

そうだ、この店にあるカメラは、みんな誰かが過去に何かを撮ったカメラなのだ、というあたりまえのことに気付く。

「それぞれに過去があって、ひとつとして同じものはない、っていうのは、人間と似ている気がします」

今宮は静かに言って、手元のカメラを眺めた。

コーヒー豆を買いに出たところ、写真機店の前で、また団子屋のおばあさんに声をかけられた。品よくにこにこしている。「ねえちょっとちょっと」

何やら妙な誤解をしたままのようなので、何を言われるのかと用心しながら店先に行く。

「最近は紅葉が綺麗《きれい》だねえ。ほら、根津《ねづ》神社の紅葉とかもいいしね」

「そうですね」

「紅葉見に行きませんか、って誘ってみなよ」

「え、今宮さんをですか」

「他に誰がいんだよ」

「あのですね、そういうのではなくてですね」

「言ってみたらいいのに。そしたらさ、カメラ五台くらいと銀色の丸いやつ持って、たぶん二千枚くらい写真撮ってくれるだろうよ」

苦笑いする。

「大丈夫です……おつかい行ってきます……」

おばあさんの誤解はなかなか解けない。なんだか疲れる。

平日の昼下がりはいつもだいたい暇なので、来夏は時間をかけて窓を磨き、棚の埃《ほこり》を払う。ゴミをまとめ、缶やペットボトルを分別していると、「そのクッキーの缶は置いておいてください」と今宮に声をかけられる。店で働いて少し経《た》つのだけれど、今宮の態度は相変わらずで、来夏が店にいるときにはたいてい裏手の工房に入っており、来夏が工房の掃除をするときには店舗に出ている。来夏にしても、業務連絡以外に、世間話などしなくていいのは気楽だった。

常連客は、来夏がアルバイトに入ったことを知るや、みんなどういうわけかすごく驚き、来夏の顔をじっと見た後、工房から出てきた今宮の顔をちらりと見、また来夏の顔を見て、ふうん、という顔になる。

名前を聞かれて、「山之内《やまのうち》です」と名乗り、下の名前も聞かれ、「来夏です」と言うと必ず、「へえ、Leica《ライカ》か。ねえ。お父さんはカメラ好きなの？」と聞いてくるのもだいたい同じだった。もう亡くなりましたと言うと、きっと気を遣わせてしまうので、「そうみたいです」と曖昧に頷《うなず》いておく。

今宮写真機店の前半分は店舗になっていて、奥の半分は修理工房になっている。来夏は掃除をしながら、精巧なバネや細かな部品や、コンパスの親戚のような見たこともない工具や、ゴーグルみたいな眼鏡を眺める。まだやりかけの修理なのか、分解途中の古いカメラ、皿の上に分類された小さなネジもあった。くしゃみなんかしたら飛んでいってしまいそうだ、と来夏は思う。工具は使い込まれているが、どれもがきちんと手入れされ、順に並べられているらしいところに今宮の性格を感じる。掃除とはいえ、不用意に触ってしまわないように注意する。

工房にある物や工具、すべての配置を見るにつけ、修理を長年し続けてきた今宮の利き手や腕の長さ、机の上で手の届く範囲、使用頻度の高い工具や、いつも腕を置いている位置などがよくわかり、今宮がここにいなくても、カメラ修理職人としての今宮を雄弁に物語っているような気がする。

今宮が修理している時の手さばきは、少しの無駄も迷いもないので、見ていると快い。だからといってあまりじっと見つめていると、視線に気付いて妙にペースを乱したりしているので、できるだけ邪魔しないことにしている。

今宮の説明によると、いわゆる機械式のクラシックカメラに分類される製品は偉大なのだそうだ。たとえばドイツカメラのライカだと、オーバーホールしてメンテナンスさえしっかりしていれば、親子三代で引き継いでも充分使えるくらいにしっかりした造りなのだという。デジタルカメラだと、パソコンと同じで、内部の機械はどんどん進化していく一方で、一つのデジタルカメラを親子で引き継いで大事に使うというわけにはいかない。クラシックカメラは、機構こそクラシックとはいえ、ちゃんと修理すれば今でも現役なんです、と話す時の今宮は誇らしげだった。フィルムの進化により、昔よりいい写りをするものだってある、というのだから驚く。

工房の脇には暗室の入り口があって、現像を自分でするお客さんは時間当たりいくらで暗室を借りていく。近づくと、酢昆布の親戚のような妙な臭いがするのだけれど、その中に入ると面白いらしく、常連客の中でも使っていく人はわりに多い。

二階は今宮が生活する居住部分になっているが、昼間、今宮以外の人間が出入りしている様子はないようだった。

時刻は午後三時になろうとしていた。来夏が手を洗い、コーヒーを淹《い》れようとしていたその時、がらがらとまた扉が鳴った。

そこにはランドセルを背負った小学生がいた。きっとお手洗いでも借りに来たのだろうと思ったら、今宮が「やあ久しぶり、いらっしゃい」と親しげに言う。

小学生はいかにも利発そうな目で来夏を見て、「あ。新しい人、入ったんですね」と言った。

「ちょうどお茶しようと思ってたところだったんだ、古田《ふるた》君もいかが」

古田君と呼ばれた少年は、頷くとランドセルを床におろした。

「ありがとうございます、おかまいなく」と言いレジ前の椅子に腰かける。

来夏がカウンターの奥でコーヒーを淹れつつ、さて古田君には何を出したものかと思っていたら「古田君もいつものコーヒーでいいんだよね、砂糖なしミルク多め」と今宮が言う。

「ええすみません」と来夏に言い、来夏が後ろを向くや「人を入れて経営とか大丈夫なんですか」と小さな声で心配そうに今宮に尋ねているのが聞こえた。小学生にも経営を心配されているようで、思わず苦笑いする。

「古田君は小学五年なんだけど、前途有望なマニアでね。これまたお祖父《じい》様のコレクションが素晴らしくて、めまいがしそうなんだよな」と今宮も心なしか嬉しげだ。

「ところであの話、僕すっごく楽しみなんですが――」と古田君と今宮はマニアックなカメラ談義を始めた。年齢差で二十は超えている二人だが、そんなことを忘れてしまいそうなほど二人とも楽しげだった。

コーヒーを出すと、「恐縮です」と言いながら旨そうに飲み、「やっぱり女性の方がいると、こう、何か店の雰囲気も華やぐというか」と、どこで覚えたのだろう、おじさんめいたことを言ってきた。

「中学に無事合格したら、祖父のコレクションからベッサがもらえるというので、僕もう本気でがんばります」と言う。

「ベッサって、来夏さんわかりますか」と今宮が聞く。

ここに来てからクラシックカメラの本を読むようにしていたので、ベッサという名前は知っていたが、実物までは思い浮かべることができなかった。

今宮は工房から一台のカメラを出してきた。「これがベッサⅡです」と言いながら来夏に示す。それは今で言うコンパクトカメラのようにも見えたが、薄いボディには裏表レンズがどこにもない。古田君もにこにこしながら、カメラと来夏を交互に見ている。

「ほらね」と言いながら今宮が小さなボタンを押し前蓋を開くと、中から革製の蛇腹つきレンズが飛び出した。小さい箱がいきなり骨董品《こっとうひん》のカメラの形に変身したみたいで、手品のようだった。来夏はそのカメラの精巧な造りに見入る。

「持ち運びがしやすいように、いつもは薄く、撮るときには大きくできるっていうのは、カメラ界では一つの革命だったと思いますよ。旧西ドイツ、フォクトレンダーの機能美。一九五〇年ごろのカメラです」と言いながら今宮が、来夏にベッサを手渡してくる。

とりあえずおっかなびっくり両手で持ってみたものの、どこをどう押せばいいのやらもわからず途方に暮れる。

「シャッターが左っていうのも渋いとこですよね」と古田君が言う。

ベッサを今宮に返しながら、「なんか、すごいですね、このカメラ。楽しみ方はお家で眺めて楽しむ感じなんですか」と来夏が言うと、「何言ってるんですか。撮るんですよもちろん」と今宮と古田君、二人分の声が重なった。

「カメラも機械なので、こういった古いカメラこそ眺めてないで撮らないと」

「カビ防止にもなりますし、フィルムを入れないでシャッターを切って、音を聞くだけでも最高です」と言いつつ古田君がカメラを手に取った。

古田君がシャッターを切ると、しゃっ、と軽いシャッター音が鳴る。

「ああ……この音」

「そうそう、この音」

古田君は本当にうっとりとした顔で言い、今宮もうんうんと隣で頷いていた。

「でもまあなにぶん古いものですから、この蛇腹の部分なんて、革製だからどうしてもね」

言いながら今宮がベッサの裏蓋を開ける。

「ここから覗《のぞ》いてみてください」

来夏がカメラの中を覗くと、中はプラネタリウムの星空のように点々と光が点《とも》っていた。折り畳まれている、蛇腹の折れた部分に小さな穴があき、光が漏れているらしい。

「カメラの中は必ず真っ暗でないと駄目なんです。こういう穴が一つでもあれば、フィルムが感光しちゃって撮れない。だからこのベッサは店には出してなかったんですけどね。これだけ穴があいてしまったら塞げないので、蛇腹部分を一から折って自作します」

「僕がもらう予定のベッサも、修理が必要なようなんです、シャッターの調子が悪くて。だから、合格して、僕のものになったら、すぐこちらでお世話になろうと思っています」

今宮も笑った。

「待ってるよ。合格を祈ってる」

それから二人はまたマニアックなカメラ談義に戻った。来夏は邪魔にならないよう窓際に移る。

何の拍子か、床に置いてあったランドセルがひとりでに倒れて、丸めてランドセルに通してあった絵が折れてしまった。来夏が拾って古田君に手渡す。

「これ、絵、折れちゃったかもしれないです。大丈夫ですか」

「あ、これもう評価も終わったやつですから……」

と古田君が目を伏せる。

「古田君の絵見たいな」「駄目です」「駄目？　どうしても？」「駄目です」「ねえ一瞬でも駄目？」と今宮と古田君の小学生男子同士のようなやりとりが続く。

照れながら古田君は絵を広げた。

「すごいなあ、最近の小学校って抽象画もやるんだなあ」と感心したように呟《つぶや》く今宮に、古田君は「あ、これキリンの絵です」と小さく言って顔を赤らめた。来夏は古田君があまりにも大人びているので、中身はおじさんなのではなかろうかと思っていたが、やっぱり小学生男子なんだと思い直し、ちょっと安心した。

その後も「——それは理論的には可能かもしれないけれど無理だと思う」「いや、できるのではないかと思います」と、二人でしばらく何事かを議論していたが、急に古田君が時計を見た。「あ。もうこんな時間、塾に遅刻してしまう。母にばれたら大変だ。カメラ捨てちゃうわよ、っていうのが最近の口癖で」

古田君はため息をついて、「男のロマンに理解のないのも困りものですよ」と首を横に振った。

帰りがけ、古田君は来夏に向きなおり、「あ、僕、今度カメラを作るんです」と嬉しげに言った。やっぱり小学生って可愛《かわい》いな。きっと紙で工作でもするのだろうと来夏は思い、「完成したらぜひ見せてくださいね」と言った。

事件はその数日後に起こった。

そのとき、来夏は奥の工房部分の掃除をしていたところだった。いつもはがらがらと控えめに鳴る扉が、バァン！　と鳴って不穏な雰囲気になる。女の声がした。今宮が応対しているので、来夏は店には出なかったが、だんだんとヒートアップしてきて、扉から漏れ聞こえてくるまでになった女の怒声に、思わず掃除の手が止まる。

「どうしてくれるんですか！　大事な時期なのに！　あなた今の時期がどれくらい大切かわかってるんですか、それを――」

今宮の声はよく聞こえなかったが、なだめている様子はわかる。

「これであの子の人生が決まるってときに、お義父様《とうさま》もなんでまったくカメラなんか教えたのよ！」

母親だ、と来夏は直感した。怒鳴っているのは古田君の母親なんだと。

声が低くなり、二人が何かを話しているのが途切れ途切れに聞こえる。来夏は扉に耳をつけた。異常――おかしくなった――ノイローゼ――パソコンも全部運び出し――廊下にぶちまけて――光を怖がる、などのただ事でない単語に、来夏は眉をひそめた。

「売ったわよそれが何だってのよ！　二束三文にもならなかったわよあんな汚いガラクタ。とにかくもうあの子には関わらないでちょうだい、今度何か売りつけたら訴えるわよ消費者庁に！」

またバァン！　と聞いたことのないような音が鳴り響いた。

来夏がおそるおそる工房の扉から顔を出す。

「消費者庁に訴えるのは難しいんじゃないかなあ」

今宮は疲れた顔で肩を揉《も》んだ。

「お母さんですか。古田君の」

「そうです」

「クレームですか」

「そのようです。古田君、この前の模試で成績がちょっと下がっちゃったらしくて。で、古田君が学校に行っている間に、お母さんはコレクション全部を売り払ってしまった、と」

来夏は唇をぎゅっと結んだ。

「古田君の志望校は、あの名門中学で」

今宮が口にしたのは、誰もが聞いたことのあるだろう、日本で一、二を争うほどの名門校だった。

「ひどすぎます……いくらなんでも、そんな」

「古田君の話を聞くに、お祖父様はかなりのコレクターです。マニア垂涎《すいぜん》のトロピカル・リリーとか、世界に九百十二台しかないアルパ10ｄブラックなんかもお持ちだし、発売当時のライカM3なんて、家一軒買えるくらいの値段だったんですよ。コレクションの話を聞くだけで、昔から相当お金に余裕のあるお家柄なんだとわかります。でも、本当のお金持ちっていうのは、大事な孫に高価なカメラをぽんぽん買い与えたりしないものです。お祖父様は古田君にカメラを渡さなかった」

「じゃあ、コレクションっていうのは」

「今から何年前かなあ。二年くらい前かな、ふらりと古田君が一人で店に現れて、カメラを見ていったんですよね」と、今宮が扉近くの籠を指さす。

「あの籠はジャンク品っていって、動くけどボロボロだったり、まあ商品にならないようなものを入れるコーナーで。古田君はそれを熱心に一台一台吟味し始めた」

今宮の目が懐かしそうに細められる。

「なんか、子供の頃の俺とそっくりだなって思って声をかけたんです」

来夏は黙って今宮を見つめた。

「お小遣い帳で完璧に管理されてるけど、ちょっとずつ塾の途中のコンビニとかで見切り品を買ったりしてお釣りを貯《た》めて、それでカメラ代を捻出したらしいです。だから全部十円玉とか五十円玉。それで熟考の末、カメラの一つを選びました。国産の量産機であまり高くないものだったけれども、写りはいいものを。サービスも兼ねて白黒フィルムを一本つけて、プリント無料体験券もつけて」

今宮は伸びをした。

「たぶん小学生の一時の好奇心なんだろうなって思ってたら、撮りました！　現像やってみたいです！　って嬉しそうにやってきて。それからはずっとお得意さんでした。ジャンク品ばかりだけれども、古田君に買われたカメラは幸せ者だったと思います。あんなに愛されて、大切にもされて。その様子を見ていたから、きっとお祖父様もコレクションの中から、名品と言われるベッサを譲る気になったんだと思います」

来夏は長いため息をついた。

「それを売っちゃったんですね。大切なものだったのに」

「まあ仕方がないですよ、お母さんも子供の将来を思って必死なんだろうし、何かあると母親の責任にされるんだろうし」

「それにしてもひどすぎます」

今宮の表情も曇る。

「古田君、今、ちょっと精神的に不安定になってるらしくて。家具とかも放り出したり、部屋に閉じこもったりしているそうです。もう手がつけられないって……」

「わたし、お母さんを説得したいです。あれは大切な宝物だったんだって、話せばわかってもらえるかもしれない、それで――」

今宮は首を静かに横に振る。

「塾に通うために定期券を持ってるってことは知ってますが、それがどこからどこまでなのかも知らないいし、古田君の家の住所も知らない。最寄りの駅だってわからない。下の名前さえ知らないんです」

「じゃ、ネット検索で」

「古田姓は多いですよ」

来夏は黙った。

「忘れましょう。俺たちにできることは何もないです。俺はただのカメラ屋で、古田君はお客さん。それだけです」

今宮はそう言ったが、それは自分に言い聞かせているようにも思えた。

数日経ったが、その後、今宮と来夏の間ではその話は一度も出なかった。避けていたと言ってもいい。その日、今宮は写真教室の講座のために、昼から店を出ていた。客どころか店の前もほとんど人の通らない、静かな日だった。いつもは繁盛している団子屋も今日はあまり客がいないようで、おばあさんも店先に出ていない。季節はもう冬になろうとしていた。

メモを開いて、昨日売れたコダックシグネット35のところにチェックを入れ、昨日の日付を書いた。

カウンターで台帳を見て、フィルムの在庫をチェックしていると、がら、と扉が鳴り、来夏は視線をそちらに向けた。帽子とランドセルが見え、一瞬、古田君が来たのだと思って、来夏は椅子から勢いよく立ち上がる。

「古田君！」

帽子の下の顔は違っていた。少年はせわしなく背後の扉のほうを気にしている。

「ここ、今宮写真機店で合ってますよね」

来夏が頷く。

「僕、聡《さとし》の頼みで来ました。これをここに渡してくれって」

何かの紙の束を出してくる。

「ちょっと待って、聡君って、古田聡君？　古田君は、その、体は無事なんですか」

「学校はしばらく休んでたけど塾には来てた。とにかくこれを渡してくれって。僕もう行きます」

「ちょっと待って――話を」

「もうあいつとは正直かかわりたくないんです。あいつの母ちゃん――」言いながら少年がぞっと鳥肌を立てる。「あいつの母ちゃん滅茶苦茶なんだ。僕、聡にゲームの話して、聡も面白そうに聞いてた。何もお前も買えとかそういうことは言ってない、ただの雑談だよ。したらさ、次の日さ、僕の家にあいつの母ちゃん怒鳴り込んできたんだ。あなた聡ちゃんを蹴落とすつもりなの、この卑怯者《ひきょう》、とかって叫んでさ。こっちは父ちゃんにも母ちゃんにも叱られるし。二度とうちの聡ちゃんとつき合わないで、訴えるわよって怒鳴られて」

少年は一気に吐き出した。

「今は学校の送り迎えも、毎日あのキョーレツな母ちゃんが車で来てる。僕、聡に塾のトイレで待ち伏せされて、どうしてもこれを谷中の今宮写真機店に持っていってくれって頼まれた。絶対嫌だって言ったんだけど、迷惑はかけない、ただのプリントだからって。ねえ僕ほんとにもう行っていいでしょ」

少年は後ずさると回れ右して扉を開け、一気に駆け出した。来夏も追って「ちょっと待って！」と少年の背中に叫んだが、少年は止まらずに角を曲がり見えなくなった。学校名さえも聞き出せなかったことに、来夏は頭を抱えたくなったが、それよりも今はこのプリントの束だ。きっと何かのメッセージが書かれているに違いない。

プリントは塾での小テストのようだった。サイズはB5で、厚みからして二十枚はありそうだった。そのどれもが古田聡、と強い筆圧で書かれており、ほとんどどれもが満点だった。何カ月分かのものらしかったが、日付はばらばらで、順序も日付の通りには並んでいなかった。

算数の問題がほとんどで、七角柱の九つの面に番号がどうのこうのや、正六角形の中の斜線部分の面積がどうとか、小学生が解くらしい算数問題でありながら、来夏にはとても解けないような問題ばかりで唸《うな》る。来夏はメッセージを探したが、そのどこにも手紙らしいものはなかった。何度も読み返し、もしかして小さい文字で書いてあるのかと、工房から虫眼鏡まで拝借してチェックしたり、日付や点数が語呂になっているのかと数字を書きだしたりしてみたが、そこにはなんの法則性もないようだった。ただの小テストだった。

なぜこんなものを——来夏は思う。もしかして、それほどまでに心の状態が悪いのだろうか。どうしてもここに来たくて、でも来られなくて、せめて小テストだけでもここに届けた？　しかしそれなら、何も小テストでなくてもよいような気もする。わからない。来夏が机に突っ伏すと、一枚のプリントがひらりと床に落ちてしまった。拾いながら、裏に何かが鉛筆で引かれてあるのに気づく。それは一本の線だった。

来夏は閃《ひらめ》いて、全部のプリントを裏に返す。すると、そのどれもに線が引いてあった。あるものは曲がり、あるものは塔のように尖《とが》り。

これは、絵なんだ。来夏にはぴんときた。線をたどり、パズルのように一枚一枚をつきあわせる。

「できた」

それはB5の五枚×五列、畳一畳分くらいの大きさの、一枚の大きな絵になった。仮留めとして、セロハンテープでつなげる。一筆書きのようなタッチで、鉛筆で街並みをデッサンしたものらしい。紙がばらばらの時は、それがなんだかまったくわからなかったが、こうやってパズルのように組み上げると、実に精巧な街並みのデッサンとなった。

豪邸とも言える家々が立ち並び、遠くにレンガの壁のようなものが見える。奥には木立が広がり、車が停《と》まっている様子もうかがえる。

絵を眺めながら、来夏はどこかぞっとしたものを感じていた。鬼気迫る、と言った描写力だった。どう見ても子供の――この前見た古田君のキリンの絵の様子とは、とてもではないがかけ離れている。大人が代わりに描いたとも思おうとしたが、それならなぜそんなものを渡してきたのか意味がわからない。

カメラを失ったことで、自分がカメラになろうとして、見たままを細かく描くことに執着しているのだろうか。来夏は、ある絵のことを思い出した。脳の病状が進むにつれ、絵のタッチもまったく違うものに変化していった画家の絵のことを。もしかして、古田君の心の様子は、自分が考えているより、もっと悪いのかもしれない、来夏はその絵を前に考え込んでいた。

がら、と扉が鳴り、襟元《えり》に赤いマフラーをぐるぐる巻きにした今宮が帰ってきた。

来夏の顔色を見て、何かただ事でないことが起こったとわかったのだろう、店に入るなり「何かありましたか」と尋ねてきた。

「……今宮さん、これ、この絵」

言いながら来夏は絵を指さす。

今宮が不在の間に起こったことを話した。古田君の友人が来たこと。その少年がひどくおびえていたということも。

「なるほど、それで、裏に絵があったと。なかなか冴《さ》えてますね」

「でも。わたし、心配です。古田君がどんな気持ちでこれを描いたのか、どうしてこれをここに届けてもらったのか……」

今宮はしばらくその絵を見つめていたが、無言で絵の天地を逆にした。

仕事が済んで、帰ろうとする来夏に、今宮は「明日はスニーカーで来てください」と言う。「暖かい格好で」とも付け足した。


翌日、スニーカーを履いた来夏が店に着いたとき、ちょうど今宮も出てきて、やはりマフラーをぐるぐる巻いた格好で、店の前に〝臨時休業〟の札を出した。

「来夏さんに手伝ってもらいたいことがあります」

「何でしょうか」と怪訝《けげん》な顔になる来夏に、「この地図を頼りに、探したいところがあるんです」と、鞄《かばん》の中から、来夏が昨日パズルのように組み上げたあの絵を、がさと出してきた。屏風《びょうぶ》畳みにしてあった。

「見にくいので、スキャンして加工して、縮小版も作りました」と、一枚の紙を渡される。

「え。でも今宮さん、これ、ただの絵ですよ。想像の中の絵かもしれないし、何かの写真を見て模写したものかもしれないし、記憶の中の風景とかかもしれないですよね」

「いいんですよ。ほら、ここ、特徴のある形のレンガ塀があるでしょ。これたぶん、六義園《りくぎえん》ですよ。それからこの隅に学校らしきグラウンドも見える」

「でも、たまたま似たってことはないですか」

「まあまあ、行ってみないとわからないこともありますから」

今宮は駅に向かって歩き出す。今日も今宮の髪の毛は、はつらつとあちこちを向いている。来夏は今宮に従って歩き出そうとした。団子屋のおばあさんが、親指を立てて拳を高くあげているのを、「違いますから」と声を出さずに言い、「し・ご・と」と口で大きく形を作って、手をぶんぶんと横に振った。

今宮に見られて、「え、何やってんですか」と怪訝そうにされる。「何でもないです」と言って後に続いた。

「行き先は本駒込《ほんこまごめ》駅です」と言う。本駒込駅に着くなり、今宮はさっきの紙を取り出した。

「じゃあ道のこの角度に、壁が見える位置を探して歩きましょう」と言い歩き出す。

簡単なことのように思えたが、場所探しは難航した。道一本違うだけで、景色は微妙に違って見える。

道中、リサイクルショップを見かけると、今宮は「あ、ちょっと見てこようかなあ。たまに意外なカメラの掘り出し物があるので」などと、のんきに入っていったりするので、見通しもまったく立たず、目的地に近づいてきたという手応えも感じず、そもそもその地図とやらにも最初から懐疑的だった来夏は、今宮のマイペースぶりに少々うんざりしながら、「もう、そこのカフェでコーヒー飲んでますから」と言って喫茶店に入った。足が疲れてだるい。こんなに歩いたのは本当に久しぶりだった。

しばらくして今宮が来夏のところへやってきた。

「何か掘り出し物はあったんですか」「いやまあね」と要領を得ない。

「あの。もうわたし、帰っていいですか」「もうちょっと頑張って。甘いものを奢《おご》りますから」と今宮が笑う。

左に曲がり右に折れ、一本奥の道へ奥の道へと進み、犬に吠《ほ》えられ道に迷い、公園でしばらく休んだりして「あの、もうそろそろ諦めませんか」と来夏が言いだしたその時、「ここだ」と今宮が指をさした。

高級住宅街の一角だった。

「嘘《うそ》みたい……」

来夏は絵が本当に正確だったことに驚く。絵と風景を細かく見比べても、絵は完璧に見た風景を描写していた。今宮は無言で一点を見上げていた。来夏もその視線を追って「あ」と声を上げた。その豪邸の表札には、古田とあった。

「古田君の家」

来夏も今宮と並んでその豪邸を見上げた。石垣にぐるりと囲まれた、洋館と見まがうばかりの規模に驚く。

しかしその二階部分の一部屋だけが、異様な雰囲気を漂わせていた。そこだけ真っ黒なのだ。大きな窓に中から黒いビニールらしきものがびっちり張ってある。

来夏は不吉な想像をした。排気ガス自殺の車は、窓をしっかりと目張りして排気ガスが漏れぬようにするという。その黒い窓は、この世のあらゆるものからの接触を拒んでいるかのようだった。野生動物でも傷つけば、傷を癒やすために穴ぐらなどに入って、じっと体を休めるのだという。あの部屋で膝を抱えて壁を眺め、微動だにしない古田君を思う。

たとえ成長し、また新しいカメラを買うことができるようになったとしても、カメラを初めて自分で手に入れた時の気持ちはもう返ってこないのだろう。粉々に割れたレンズみたいに。古田君の心を思い、来夏はその黒い部屋をただ見上げた。

今宮はがさがさと大きな絵のほうを取り出すと、少し眺めた。仮留めテープを一枚一枚はがし、小テストの束へと戻す。

「来夏さん、背中をお借りします」と言う。背中で紙の束ががさがさすると思ったら、来夏はくすぐったさに体をよじった。鉛筆か何かで文字を書いているらしい。

「あの、何を」「もうちょっとで済みます、あと四枚、あと三枚、ほらできた」

書き終わると、今宮は紙の束を、トランプをするときのように繰って、順番をばらばらにした。端をクリップで留める。

来夏も気になって裏をめくると、どうやら一枚一枚に文字を書いたらしい。

「何を書いたんですか」「いやまあ」「お手紙ですか」「そんなとこです」

今宮がのらりくらりとかわす。疲れていることもあって来夏は黙った。

「じゃあ来夏さん、これを古田家の郵便受けへお願いします」

「え、せっかくここまで苦労して来たのに、肝心の古田君には会っていかないんですか。手紙だけなんて」

「今日はこのために来夏さんにおつき合いいただいたんですよ、今日の大役です」

「何でわたしなんですか。せっかくだから、今宮さん自身が、来ましたよって届けたほうが古田君も喜ぶんじゃないですか。元気も出るかも」

「ほらあそこ。カメラ」と指さす。確かに門の前に監視カメラがある。

「訴えるわよ消費者庁に！　ですからね。俺は顔を知られてるし、古田君に迷惑がかかるかも。頼みます」と今宮が手を合わせる。来夏は郵便受けを探した。背よりも高い鉄の門扉には、鈍く金色に光る、つる草模様の繊細な飾りがあり、そこから見事な庭園も透けて見えた。噴水まである。門構えからして普通の家の規模ではない。郵便受けも星座のレリーフで飾られており、来夏は、お金持ちって、郵便受けの造りからしてもうお金持ちなんだなあと妙なことに感心した。門の部分に人がひとり余裕で住めそうだった。

今宮のところに戻ると、今宮はあっさり「じゃ、店に帰りますか」と言う。来た道を帰り出す今宮に、一瞬呆気《あっけ》にとられながら、来夏も続いた。これで少しでも元気が出ますように、と古田君の部屋をもう一度振り返る。

臨時休業の札をそのままに店に入る。歩き回った疲れが足に来ていたが、コーヒーを一杯飲むと、少し気力が回復した。

今宮が「来夏さん、棚の一番下、一番左端にあるカメラを取ってください」と言う。来夏はそこにあった一つのカメラを取り上げようとした。

「それじゃないです。その横」

来夏は驚いた。それは、どこからどう見てもただのクッキー缶にしか見えなかったからだ。これはクッキー缶を精巧に模したカメラなのだろうか、甘い物好きな女子向けに開発されたのかもしれないと思い、来夏がその缶を手に取る。

拍子抜けするほど軽かった。重さをまったく感じない。まるでただの空き缶のようだ。見ればレンズらしきものもない。

「開けてみてください」

今宮の言葉に従って缶を開けてみる。缶の中身は何もなかった。ただの缶でしかない。少し違っているのは、中が黒く塗られていることくらいだ。

「これ、ただの缶ですよね。今宮さん、これをカメラって」来夏は、今宮の冗談だと思い笑った。

「カメラですよ、正真正銘の」

「でもレンズもないし――」

「ピンホールカメラって聞いたことないですか」

今宮はその缶を手に持った。

「ピンホールカメラは作ることができます。作り方は簡単、何でもいいから、光の入らない箱とか缶とかを用意して、中を黒く塗ります。それでピンホール、つまりピンの穴を開けてできあがり」

言いながら今宮が缶を示す。

「ここにあるでしょ、小さな穴が。いったん大きめに穴を開けて、銅板に小さな穴を開けて中から貼り付けたものです、見えますか」

来夏が覗き込むと、なるほどピンで開けたような穴がある。しかしこんなもので写真を撮れるとはとても思えなかった。

「本当ですか。だってレンズもないのに」

「じゃあ撮ってみますか。ついでに来夏さんに、貸し暗室の説明もしておこうと思っていたから、ちょうどいいです」

「でもこれ、フィルムとかはどうするんですか、ただの缶だからフィルムを固定するところもないし」

来夏が言うと、今宮はセロハンテープのようなものを出して小さな輪っかにし、缶の中の数カ所にくっつけた。

「ここにテープで二号の印画紙を切って留めます。シートフィルムっていう、巻いてない形のフィルムも使えるんですが、今日は幸い天気もいいし、説明がしやすいので印画紙でやりましょう」

今宮は言いながら十センチ角程度の四角を人差し指と親指で作った。

「来夏さん、家には暗室はなかったんですよね」

「ええ、フィルムの現像は写真館に任せていたと思います」

「本当はダークバッグといって、手を入れるところがある黒い袋のようなものでもできるんですが、暗室のほうが説明しやすいので」

言いながら今宮は、ポケットを探って髪ゴムを取り出し、適当に髪を後ろでまとめると、ぼさぼさだった髪を一本に縛った。

「では暗室へ」

暗室は二人入れば満員という狭さで、その狭いところへ、得体も知れない雑多な用具や、よくわからない機械が詰めこまれており、酢のような妙な臭いもするものだから、今まで掃除以外では、あまり進んで出入りしなかった場所だった。

今宮と腕が触れそうで触れないくらいの微妙な距離でいる。

「ではこれが今回使用する印画紙です」

作業台の引き出しから紙箱を出す。引き出しの中は真っ黒に塗られていた。

「不用意にこの紙箱を開けると、中の印画紙が感光してしまうので、取り扱いには気をつけてください」

すっきりと髪をまとめた今宮の首筋をちらりと見上げる。伏せたまつ毛が長い。今まで長袖だったので、腕をまくったところを初めて見た。すっと伸びた腕に筋が入り、意外に筋肉質なんだな、と思う。やっぱり手が大きくて指が長い。

「というわけでシャッターは指で操作します。シャッターを開けると、このクッキー缶の内側の壁面に、ピンホールを通ってきた外の映像がそのまま、上下逆、左右逆に写ります。構造は以上です。では来夏さん、電源を落としてもらっていいですか」

「え。あ。はい」

戸口の所の電源を落とすと真っ暗になった。目を開けても閉じても何も変わらない。自分の輪郭が曖昧になってくる気がした。

「この状態のままだと作業がしにくいので、セーフライトをつけます。印画紙は赤色の明かりには感光しません」

明かりがついた。目の前が赤く弱い光に包まれる。紙箱から取り出した印画紙を、今宮がカッターで切る様子を隣で見る。所作に迷いがなく、なんとなく茶道の点前《てまえ》を連想した。切った印画紙を缶の中に貼り付ける。

「これで印画紙のセットが終わりました」

暗室の扉を開けて外に出ると、今宮の背後で、来夏は気付かれぬよう大きく息を吐いた。

今宮がさっきの缶を小脇に抱え、店の中の椅子を一脚持った。表の扉を開け、店の外へ出ていく。来夏は、何をやっているんだろうなあと思いながらガラス越しにその姿を見ていた。今宮は、道路を挟んで、道の反対側に椅子を置いた。次に椅子の上に缶を置いて時計を眺め、しばらくして缶を小脇に、また戻ってくる。

「撮りますよ、っていうか撮りました」

言いながら今宮が椅子を元に戻す。

「え、もう撮ったんですか、わたしぼんやりしてたのに」

「いや、まあ今日のはテストですから気にせず。今撮れたのを今度は現像します」

ビニールコーティングされたエプロンを手渡される。バットを三枚用意し、これが現像液で、これが停止液で、温度はどのくらいで、とメモを細かく取りながら準備を手伝う。停止液がとにかく酢臭くて、妙な臭いのもとはこれかと思った。流しにも一枚バットを敷いて、細く水を出す。

明かりを落とし、暗室用のセーフライトをつけると、また部屋が赤い光に包まれた。来夏は今宮と体が触れないよう少し離れた。

「さっき撮った印画紙を缶の中から取り出します。印画紙を、この現像液のバットに入れて、と」

トングで揺らす印画紙の上、最初うすいもやもやだったものが、次第に形をとりだして、ふわっと像が浮かんできた。「あ」と声を上げる。今宮写真機店の外観がしっかり写っている。嘘みたいだ。レンズもない、ただの缶なのにどうして。

「現像液が約九十秒ですね。最初がどうしてもムラになりやすいので、このように液の中で動かします。次に隣の停止液に入れて、この画像をこれ以上現像が進まないように中和します。十五秒。この臭いは停止液の酢酸のせいです。次はその隣の定着液で——」

メモを取る。どこからか聞こえる水音と、途切れることなく説明する今宮の低い声は、来夏の耳には一つの音となって混じりあう。目の前が赤い光に照らされているせいか、現実感覚をどんどん欠いていくような気がする。来夏はメモにペンを走らせながら、とりとめもない思考の海にとぽん、とはまり、底へ向かってゆっくりと落ちていくような気がしていた。

その時。

「来夏さん、ごめん」

今宮の声がして、はっと来夏が顔を上げる。今宮の手がそっと来夏の耳のあたりに伸びる。

来夏は肩をびくりとさせ固まった。今宮は来夏の後ろの照明スイッチを押し、部屋は赤い光からふつうの光へと変わった。

「狭くてすみません。定着液には五分くらい浸しておくんですが、三十秒くらいしたらもう明かりをつけても大丈夫です。仕上がりをチェックします。最後に流しのところで水洗して終了です」

今宮が言い、来夏はさっき、びくりとしたのが見られていませんようにと念じながら、頷いてメモを取った。

ほら、と専用の印画紙乾燥機で乾かした印画紙を示される。確かに写真にはなっているが、明るい所は暗く、暗い所は明るくと、白黒が反転していた。

「ネガと同じで、このままだと画像の白黒が反転していますから、まっさらな印画紙の上に、この白黒反転した印画紙を置いて、もう一度上から光を当てます。それから、さっきの現像液などの工程を繰り返すと、できあがりというわけです」

さっきとほぼ同じ工程をもう一度繰り返す。現像液の中にふわっと浮かんできた像に、来夏は目を見開く。今宮写真機店の中、そこには素の自分が立っていた。訝《いぶか》しげな顔でじっと外を見ている。ただの缶なのに、こんなに鮮明に写るとは思ってもみなかった。

「レンズなしでも意外に綺麗に写るものです。ピンホールカメラの特徴として、このように画面全体にピントが合った状態になります。ちょっとふわっとした描写にはなりますが、それがまた味があるというか」

今宮は髪のゴムを外して、わしゃわしゃと髪をかき回し、満足げに息をついた。そうなるとくるんくるんでわさわさの、いつもの今宮に戻る。印画紙乾燥機の乾燥を待つ間、カウンターの椅子に座って待つことにした。

「で、わかりましたか」と、今宮が来夏の顔を見た。

「何がですか」

今宮は「だから、今日の、ほら」と促す。今宮は缶を指さした。

「暗い部屋」

来夏の表情がはっと変わったのを見て今宮が頷いた。「そうですよ、古田君の部屋はカメラになったんです、ピンホールカメラに」

来夏は固まった。

「古田君、帰りがけに来夏さんに言ってたでしょ、今度カメラを作るんだって。本当は工作がてら、今日のクッキー缶のピンホールカメラを二人で作るはずだったんですけどね。自分の部屋をまるごとカメラにしちゃうとは、古田君らしいと言えばらしい」

今宮は、もうすっかり暗くなってしまった窓の外を眺めた。

「古田君は、カメラを作ったら見せるという約束を守ったんですよ」

来夏は古田君の利発そうな顔を思い出していた。

「でも、病んでるってお母さんも言ってたじゃないですか、部屋もめちゃくちゃになったとか。あれは」

「部屋をカメラにするために、暗室みたいに完全な闇にするためには、パソコンの電源とかの、小さい明かりさえも排除しなければなりません。けっこう暗闇でも明かりを発している電化製品は多いものです。古田君はそれを廊下にすべて放り出した」

今宮が続ける。

「あの豪邸は天井高が高いタイプで、窓も天井まで届くような大きなタイプだったでしょ。たぶん脚立もない古田君は知恵を絞った。本棚の中の本を全部放り出したり、いろいろ家具を積み上げたりして踏み台にする。部屋は当然荒れ放題になる」

一体何事が起こっているのかわからず、おびえる母親の様子もわかるような気がした。

「画像を結ばせるための、白くて何もない壁を確保するために、そこにある家具も全部廊下に放り出したに違いない。それから彼は実験を繰り返し、やっと満足のいく街並みの画像を得た。それを自分の影が映らないように腕を伸ばしながら、少しずつ鉛筆でなぞる。ラテン語でカメラ・オブスクラは〝暗い部屋〟を意味します。十五世紀には画家の間で、正確な遠近感を得るために用いられていたといいます。今のカメラの原型です」

今宮がパソコンを検索して、カメラ・オブスクラの図解を見せる。暗い部屋の中で、光が天地逆向きに像を結んでいる。その風景画像を、筆で写し取っている画家の絵だった。

「でもどうして、手紙じゃなくて、この絵を」

「届けてくれる人がいなかったんじゃないですか。誰も」

そう言って今宮がため息をついた。

「手紙なんかを運んでもらえば、あとで母親にばれたらまた面倒なことになりそうだと思ったんでしょう。だから一見何の変哲もない小テストだと思わせようとした」

そこまで言った途端、がらがらと扉が鳴って、「お荷物のお届けです」とリサイクルショップの制服を着た、配送員が入ってきた。

今宮が受け取りにサインをする。「思ったより早く着いた」と言いながらその段ボールを机に置くと、重そうな音が響いた。

中身は梱包材《こんぽうざい》に包まれたカメラ数台だった。どれもが古く、使い込まれている。

来夏ははっとした。

「そのカメラ、もしかして――」

「本駒込のリサイクルショップで、ワンコインのワゴンに並んでいました。送料のほうが高くつきましたよ。誰にも買われてなくて何よりです」

今宮はシャッターを空で切り、その音に耳を澄ませ、「よし」とひとりごちた。

「でもどうして売られた古田君のカメラが、あそこにあることを知ってたんですか」

「いや別に。きっとあのお母さんはカメラ屋を探してまで高く売ろうとかは思わないだろうし、かといってゴミのように捨ててしまうのは、さすがにあのお母さんでも気が引けたんでしょう。最寄りのリサイクルショップを二、三あたれば、多分出てくるのではないかと思っていました。だから古田君の家の位置さえわかればきっと、と」

今宮がすべてのカメラのチェックをし始める様子に、来夏は見入る。

「商品価値はワンコインのワゴン品かもしれませんが――」今宮はファインダーを通して来夏を見た。「この世には、値段の付けられないものだってある、と思います」

＊

古田聡の日常は元に戻った。荒れた部屋は、あるべき位置にあるべきものが戻り、窓に接着剤でべったりと貼り付けた遮光シートやテープはすべてはがされ、内側からの鍵も、バリケード状に積んだ家具もすべてが撤去された。すべて元に戻すのに、丸二日かかったという。

通いの家政婦には迷惑をかけてしまった。

母は口を開けば、お前のためにやった、今のなまけ心は将来をふいにする、将来後悔したくなければ今、全力で取り組むことだと同じことを繰り返す。そうやって繰り返していれば、子供がまっすぐに育つとでも思っているらしい。

ノックの音がする。

「聡さん、失礼いたします。お茶をお持ちしました」と言うので、問題集の手を止め、中から返事をする。

家政婦の藤井《ふじい》だった。彼女はこの家に勤めて長い。聡がそれこそ、よちよち歩きのころから週三で来ている。

藤井は微笑《ほほえ》みながらお茶を出したが、一瞬だけスペースの空いた棚に視線が止まり、ふっと笑みを引っ込めた。それでも、何も口に出さずにいてくれるのはありがたかった。慰めの言葉も。

聡がカメラ・オブスクラを準備している様子を藤井は見ており、少なからず驚いたようだったが、何も言わなかった。母がこの部屋を強行突破するのに時間がかかったのは、聡の部屋の合い鍵だけが、どういうわけか紛失していたためだと後に知った。

「聡さん、これが郵便受けにございました。きっとお友達が届けにいらっしゃったんでしょう」

藤井がそう言って、見覚えのある紙の束を出してきた。聡は落胆する。あれだけ頼んだけれど、やはり今宮写真機店には届けてくれなかったのだな、と。

一礼をして、藤井は静かにドアを閉めた。

聡は今宮写真機店を思う。急に来なくなった自分のことを少しでも話題にしてくれるだろうか。

いや、そんなことはない。自分はたくさんいる客の一人にしかすぎないのだ。そういえばあの子最近見ないね、の一言で終わるだろう。そうやって、誰からも忘れ去られる。

聡はプリントの束をまとめてゴミ箱に捨てた。そのまま問題集の続きをし始める。しばらく没頭し、きりのいいところまで解いて、思い切り背中を椅子に反らせた。首を回したその時、ふと視線が、ゴミ箱の中のひらがなに止まった。

　　の

プリント裏に書かれた「の」。

の？　そんなものを自分は書いた覚えはなかった。聡はゴミ箱からプリントの束を引っ張り出す。「ひ」「ま」「べ」。

聡は床に全プリントをぶちまけ、自分が描いた絵の記憶を辿《たど》りながら元通りに組み上げた。左上から右へ文字を順に辿る。

またいつか
おいでベッ
サのぶひん
はうらない
でとっとく

聡は、その文字がだんだん滲《にじ》んでいく様子を、床に両手をついたままじっと見つめ続けた。

いつしか満月が昇り、聡の暗い部屋に少しだけ月明かりがさす。

〈底本一覧〉

岡崎琢磨「ビブリオバトルの波乱」（宝島社文庫『珈琲店タレーランの事件簿7　悲しみの底に角砂糖を沈めて』二〇二二年）

小西マサテル「緋色の脳細胞」（『名探偵のままでいて』二〇二三年）

塔山郁「知識と薬は使いよう」（宝島社文庫『甲の薬は乙の毒　薬剤師・毒島花織の名推理』二〇二〇年）

友井羊「ふくちゃんのダイエット奮闘記」（宝島社文庫『スープ屋しずくの謎解き朝ごはん』二〇一四年）

柊サナカ「暗い部屋で少年はひとり」（宝島社文庫『谷中レトロカメラ店の謎日和』二〇一五年）

この物語はフィクションです。作中に同一の名称があった場合でも、
実在する人物・団体等とは一切関係ありません。

宝島社
文庫

#殺人事件の起きないミステリー 自薦『このミステリーがすごい！』大賞シリーズ傑作選

（#さつじんじけんのおきないみすてりー　じせん『このみすてりーがすごい！』たいしょうしりーずけっさくせん）

2023年９月20日　第1刷発行

著　者　岡崎琢磨　小西マサテル　塔山 郁　友井 羊　柊サナカ
発行人　蓮見清一
発行所　株式会社 宝島社
〒102-8388　東京都千代田区一番町25番地
電話：営業 03(3234)4621／編集 03(3239)0599
https://tkj.jp
印刷・製本　中央精版印刷株式会社

Printed in Japan
ISBN 978-4-299-04654-3